Bi

Shumin

# 千头万绪

# 是多少

毕淑敏

江苏凤凰文艺出版社
JIANGSU PHOENIX LITERATURE AND ART PUBLISHING, LTD

088 握紧你的右手
091 抵制“但是”
094 千头万绪是多少？
100 斯特朗的地毯鞋
104 面具后面的脸

**呵护心灵**
113 白衣
118 医生提笔
124 刀下留情
128 呵护心灵

**精神的三间小屋**
135 我注视我自己的头颅
138 教养的证据
142 坦然走过乞丐
145 精神的三间小屋
149 我的五样

**葵花之最**

157 昆仑之吃
164 昆仑之喝
170 昆仑之眠
177 昆仑山上看电影
180 信使
185 葵花之最
189 离太阳最近的树
192 花圈

**人生如带**

197 谎言三叶草
202 切开忧郁的洋葱
207 蚕是被自己的丝裹住的
211 每一天都去播种
214 路远不胜金
216 格布上的花
218 钱的极点
221 人生如带
224 嘘,梦不可说

**写作是一种命运**

229 写作是一种命运
235 铁马冰河入梦来
242 为了雪山的庄严和父母的希望
256 亲自写作
258 阅读是一种孤独

# 我爱我的性别

我爱我的性别
男人和女人的区别
性别按钮

# 我爱我的性别

除极少数人以外，每个人都有一个明确的性别。这是一种先天的必然。不过，就像不是所有的人都接受他们的长相一样，很多人不爱自己的性别。

不爱自己的性别的人，是自卑的人，是不快乐的人，甚至——是悲惨的人。

细细分析，什么样的人最不爱自己的性别呢？也就是说，是男人不爱自己是男人，还是女人不爱自己是女人呢？

我想，不用做特别周密的调查就可以发现，在不喜欢自己性别的人群当中，女人占了大多数。

我也在其中。在过去很长的一段时间内，我不喜欢自己的性别。总在想，如果有可能的话，我愿意下辈子变成男人。

当然，我的决心还不够大。如果足够大的话，我可以去做变性手术，那么这辈子就可以变成男人了。

为什么不喜欢自己的性别呢？说来话长。在我还没有性别这个概念的时候，是无所谓喜欢还是不喜欢的。就像我们没有特别地喜欢还是不喜欢自己的手和脚。你喜欢也罢，不喜欢也罢，它都忠实地追随着你，默默无言地为你贡献着力量，你不能把它砍了剁了。如果不出意外，你得驮着它们到生命尽头。

让我开始不喜欢我的性别的，是这个社会中的文化。它把一种弱者的荆棘之冠，栽到了女性的头上。你是一个女人，你就打上了先天的“红字”，无论你多么努力，都将堕入次等公民的行列。

在白雪皑皑的世界屋脊，我是一名用功的医生。一次，司令员病了，急需诊治。刚开始派去的都是男性，但不知是司令员的威仪吓坏了他们，还是高寒缺氧让病情复杂难愈，总之，疗效不显，司令员渐趋重笃。病榻上的将军火了，大发脾气道，还有没有像样的兵了？领导于是派我出这趟苦差。也许是病势沉重的司令员，在我眼里同一个瘦弱的老农没多大区别，手起针落，该怎么治就怎么治。也许是前头的治疗如同吃进了三个包子，轮到我这第四个包子的时候，幸运已然降临。总之，他渐渐地康复了。几天后，司令员终能勉强坐起，批阅文件调度军队了……深夜，他看着忙碌的我，突然长叹道，可惜啦！你是个女的。我说，女的有什么不好？司令员说，如果是个男的，我就提你当参谋。以后，兴许你能当上参谋长。可你是个女的，这就什么都瞎了……

那一刻，仿佛昆仑山万古不化的寒冰，崩入我心田。我知道了有一种与生俱来的羞辱，从此将朝夕跟随于我。无辜的我，要背负着性别这个深渊般的负数，直到永远。无论怎样努力，它都将如魔鬼般地冲抵着成绩，让我自轻自侮。前面，是透明的气囊，阻滞我步伐。上面，是透明的天花板，遮挡我飞翔……

后来，在漫长的岁月里，经过了痛苦的学习和反思，我才领悟到——我的性别是我不可分割的一部分，它无罪。

人类的性别，是人类的进化与分工，它是人类的骄傲。人为地将性别划分出高尚的和卑贱的区别，是一种偏见和愚昧。

女性，这一神圣的性别，和男性具有同样的思索与行动的能力。因此，她是平等和光荣的。她所具有繁衍哺育后代的结构和职责，更使她辛劳和伟大。

我的性别，如同我的身体，我的大脑，我无条件地接纳它。

于是，我热爱我的性别。

# 男人和女人的区别

做医生的时候，常常接生。男婴和女婴的区别，就在那小小的方寸之间。后来，男孩和女孩长大了，一个头发长，一个头发短。一个穿裙衫，一个穿短裤。这是他人强加给男人和女人最初的区别，他们其实还在混沌之中。后来，曲线们出来了，肌肉们出来了。这些名叫第二性征的桨，把男人和女人的涟漪渐渐划出互不相干的圆环。

遇到过一个女病人，因为重病，需要持续地应用雄激素。那是一种粘稠的胶水样物质，往针管里抽的时候非常困难，好像是黄油。那药瓶极小，比葵花籽大不了多少。每个星期打两针，量也不算大。药针就这样一管管打下去，不知从哪一天开始，以前那个清秀的女孩，像蝉蜕悄然陨落。一个音色粗哑须发苍黑骨骼阔大满脸粉刺的鲁莽汉子蹒跚地出现在我们面前。以至于同屋的一个女病人嗫嚅对我说，她还算女人吗？我想换到别的屋。

男人也有用雌激素的，比如国际驰名的人妖。任凭你有再好的眼力，也看不出他们与天然的女人有何区别。

我端详着装有雌雄两种激素的小瓶，在医学里它们被庄严地称为“安瓿”——英文“AMPOULE”的音译。意思是密封的小注射剂瓶。两种激素的作用虽有天壤之别，但外观是那样的相似，像新鲜松香粘而透明。敲开安瓿闻一闻，也没有什么特殊的气味。

但男人和女人巨大的差别就蕴藏在这柔润的液体里。这魔幻的药水里，有尖锐的喉结细腻的肌肤温婉的脾性和烈火般的品格。它使所有男人和女人的神秘，都简化成一个枯燥的分子式。它是上帝之手，可以任意制造美女和伟男。它是点石成金的造化，把人类多少年的雕琢浓缩到短暂的瞬间。

人关于自身最玄妙的谜语，被这淡黄色的油滴践踏。所有男人和女人各自引以为自豪的差别，只不过是两个小小的安瓿而已。

假如你把玻璃药瓶上的字迹擦掉，你就分不出它到底是哪一性的激素。

两个一模一样的安瓿。这就是男人和女人的全部区别。

我们沉默。我们暗淡。科学就是这样清脆地击落神话和谎言，逼迫人们面对赤裸裸的真实。

男人和女人的区别究竟在哪里？

他们犹如南极和北极，蒙着一样的冰雪，裹着一样的严寒，但它们南辕北辙，永不重叠。

性征是不足以强调的，它们已在冷静的手术台上，被人千百次地重新塑造。甚至女性赖以骄人的生育，也已被清澈的试管代替。生物的自然属性淡化为一连串简洁的符号。假如今日还有人以自己的性别特征为资本，喋喋不休，那实在是悲哀和愚蠢。

我们寻找，男人和女人的区别。

那区别不在生理而在心理，不在外表而在内心。人类文明进程的天空愈晴朗,太阳和月亮的个性愈分明。

男人和女人都做事业。男人是为了改造这个世界,女人是为了向世界证明自己。

男人为了事业,可以抛却生命和爱情。他们几乎从一开始的时候就下了必死的决心,愿意用一生去殉事业。男人崇尚死,以为死是最壮丽的序言和跋。因而男人是悲壮的动物。

女人为了事业,力求生命与爱情两全。她们在两座陡壁中艰难地攀登,眼睛始终注视着狭隘的蓝天。她们总相信在生命的最后一分钟会出现奇迹,她们崇尚生。在她们的潜意识里,自己曾经制造过生命,还有什么制造不出来的呢?女人是希望的动物。

男人的感情像一只红透了的苹果,可以分割成许多等份,每一份都香甜可口。当然被虫子蛀过的地方除外。

女人的感情像一洼积聚缓慢的冷泉,汲走一捧就减少一捧,没有办法叫它加速流淌。假如你伤了那泉眼,泉水会在瞬间干涸。所以女人有时候会显得莫名其妙。

男人的内心像一颗核桃。外表是那样坚硬,一旦砸烂了壳,里面有纵横曲折的闪回,细腻的超乎想象。

女人的内心像一颗话梅。细细地品,有那么复杂的滋味。咬开核,里面藏着一个五味俱全的苦仁。

男人的胸怀大,所以他们有时粗心。女人的心眼小,所以她们会斤斤计较。

男人的脚力好,所以他们习惯远行。女人的眼力好,所以她们爱停下来欣赏风景。

男人和女人都要孩子。男人是为了找到一个酷肖自己的人,自己没做完的事还等着他去做呢。女人是为了制造一个崭新的人,做一番自己意想不到的事。

男人和女人都吃饭。男人吃饭是为了更有力气,所以他们总是狼吞虎咽。女人吃饭是因为必须要吃,所以她们总是心不在焉。

男人和女人都穿衣。男人穿衣是为了实用,所以他们冬着皮毛夏套短裤,只管自己惬意。女人穿衣是为了美丽,所以她们腊月穿裙子三伏披有帽子的风衣,很在乎别人的评议。

男人遇到伤心事的时候,把眼泪咽到肚里,所以他们的血液就越来越咸,心像礁石,虽然有孔,但是很硬。女人遇到伤心事的时候,就把眼泪洒在地上,所以她们的血液就越来越淡,像矿泉水一样,比较甜,比较晶莹。

男人爱把自己的忧郁藏起来,觉得忧郁是一件丢脸的事情。女人爱把忧郁涂在自己的脸上,好像那是一种名贵的粉底霜。

男人把屈辱痛苦愤怒都化为力量。他们好像一只热火朝天的炉子,无论什么东西抛进去,都能成燃料,呼呼地烧起来。水哗哗地开了,喧嚣的蒸汽推着男人向前走。

女人将所有的苦难都凝聚为仇恨。无论伤害的小路从哪里开始,都将到达复仇的城堡。然而女性的报复是一把双刃的剪刀,它在刺伤女人仇人的同时刺伤女人。甚至它刺伤主人在先。然而女人正是见到仇人的血与自己的血流在一起,她才心安,才感到复仇的真实。假如自己毫发无损,即使对方血流成河,她们也觉得不可靠,不扎实。她们有一种同归于尽的渴望。

男人在欢庆胜利的时候,马上考虑把战果像面包似的发起来。胜利像毒品一样,刺激他们更大的欲望。女人在欢庆胜利的时候，想的是赶快把苹果放到冰箱里保存起来。胜利像电扇，吹得她们更清醒。于是男人多常胜将军也多一败涂地的草寇，女人多稳练的干家却乏恢宏的大手笔。

男人会喜欢很多的女人，在他一生的任何时候。女人会怀念一个惟一的男人，在她行将离开这个世界的瞬间。

男人和女人的区别太多太多。它们像骨髓，流动在最坚硬的地方。当我们说某某像个女人的时候，我们已使女人抽象。当我们说某某像个男人的时候，我们指的其实是一种类型。剔掉了世俗的褒贬之意，原野上剩下了孤零零的两棵树。两棵树都很苍老，年轮同文明一般古旧。它们枝叶繁茂，上面筑满鸟巢。

它们会走到一处吗？

无所谓高下，无所谓短长，无所谓优劣，无所谓输赢。各自沐着风雨，在电闪雷鸣的时候，打个招呼。

男人和女人的区别，地久天长。

# 性别按钮

假如我们身上有一个按钮，可以随时改变我们的性别，我将在一生的许多时候使用它，让我们假设按钮的颜色，男性为红女性为绿吧，因为我们这个民族素有红男绿女这样一个成语。

我想象自己的身体也许像交通繁忙的十字街头，红红绿绿闪烁个不停。

当我还是一个胎儿的时候，我选择女性。因为根据最新的科学研究证明：在女性特有的那两个XX染色体上，除了表示性别，还携带着许多抗病的基因。流产夭折的孩子多半是男婴，就是因了这个缘故。请别谴责我的自私，外面的世界这么喧哗美丽，我这辆小小的跑车，不能还没驶出车站就抛锚。

当降生终于开始的时候，我毫不犹豫地选择男性。我要向人世间发出最嘹亮动人的哭声，宣告一个生命——我的到来。一个理由是女孩子的哭声多半太秀气，自己就听得没情绪。最主要的原因是为了让我的亲人们高兴。无论社会怎样进步，中国人还是喜欢男孩。尤其在产房里的时候，生了男孩的妈妈眉飞色舞，生了女孩的妈妈低眉顺眼……为了能让自己的妈妈理直气壮，为了能让望眼欲穿的爷爷奶奶喜笑颜开，我只好义无反顾地选择男性。这可绝不是向世俗的偏见低头，而只是想在出生的这一瞬间，带给我的亲人更多的快乐。

我在襁褓中慢慢长大。这段期间，作男婴还是作女婴都无所谓。在没有发明舒适的纸尿布以前，我想还是作男孩好一些，享受干爽的机遇比较多。随着科学的不断先进，这件小事不再能左右我揿动电钮。在这段人生最美好的时光里，我男女不辨地随意躺在绵软的带栅栏的小床里，用小手追逐缓缓移动的阳光，学会对着使我们愉悦的事物微笑。我们脱离了母体的温暖，独自面对自然界的风霜。我们尝试着对饥饿和病痛发出抗争，但我们其实很无奈。假如没有亲人的呵护，无论男孩还是女孩，我们都软弱。

像初夏的青苹果，我们缓缓地长大。这段时间如果一定要我选择，我就当女孩吧。因为在这期间，我们会无师自通地学会人世间最重要的知识——语言。女孩的舌头像鹦鹉，她们学话的速度比男孩快多了。虽说中国流传着“贵人语迟”的民谚，但我还是喜欢作个平凡人，早早地学会向他人表达自己的看法。

接着，我们突然像竹笋一样，日新月异地膨胀起来，不断地增长淘气本事爬高攀低，没头没脑地疯跑，在自己的脸上糊上泥，把玩具肢解得遍地都是，从一块石头疯狂地跳上另一块石头，在水里溅起一连串的水花……这都是男孩子的特权啊！我要作个男孩，把身上的红色按钮死死揿下。作男孩可以把鞋子踢烂、把衣服挂破、把手指划出血、把膝盖磕掉皮而不遭家长的斥责。男孩在玩耍上享有天然的豁免权，当他们无意间伤害了别人的财产和自己的身体时，大人们多半会宽容地说，嗨！男孩子吗，就是这个样子！

女孩子可要倒霉得多。几千年的观念像一张透明的娇柔的网，将你裹得紧紧。你时刻感到不能自由自在地呼吸和手舞足蹈。你看得见外面的一切，却不能随心所欲地飞翔。你抗议的时候，别人会莫名其妙地说，没有呀？没有谁束缚你。真叫你有苦说不出。

开始上学了。我愿意回到女儿身。男孩子太顽劣了，屁股底下像有颗大滚珠，不会安安静静在椅子上呆一刻。他们终究会意识到知识的重要，可是距那大彻大悟的关头，他们还要穿过漫长的隧道。在这个觉醒的过程中，他们恶劣的成绩，将被老师斥责，同学耻笑，家长软硬兼施，邻里议论纷纷……这种经历对一个人的心智是大考验。许多男孩就在这种挫折感中，失去了人最宝贵的自尊。而女孩，就比较的平顺，因为她们知道死用功。灵灵秀秀的女孩穿得干干净净，乖乖地举手发言，讨老师的喜欢。下了课，挟着平平整整的作业本回家，给爸爸妈妈一个好成绩。小学真是一个女孩的黄金时代，她们像新生的豆荚饱满和嫩绿，充满着勃勃的生气。

到了十一二岁的时候，我要赶快把绿色按钮变换成红色按钮，再迟就来不及了。那位将陪伴每一个女人青春时代的殷红色朋友就要来啦！她每月一次的造访你无法拒绝，陪着她，你困倦激动好哭爱发脾气……惹不起，我们躲得起。

去做男人。

男人此刻异军突起。他们在一夜之间变得强健英俊，仿佛蜕尽了最后一层躯壳的知了，高高地飞到了白杨树梢，向全世界发出尖锐的鸣叫。尽管歌声还不够老练，但他们终究会成熟起来的。这个时期的男性永远是一个谜，你不知道他们是在哪一个早上，突然从男孩变成了男子汉。老天爷的鬼斧神工，毫不留情地把他们大脑的沟壑凿深，雕刻出他们坚毅的下巴和眉宇，慷慨地在制造他们潇洒智慧的同时，随赠了一大包的幽默。仿佛在不经意之间，他们流露出勇气与旷达。当然了，他们也脆弱，也孤独，也想入非非，也躁动不安，但鹿一般雄壮的气息缠绕着他们，他们在奔跑中不断完善。

岁月的炉火燃烧着，熔炼着男人和女人的金丹。

女人最美丽的季节到了。俗话说女大十八变，最动人的变化悄悄地发生着，我终于忍不住跑回去作女人了。

少女的头发像鸦羽一样闪亮，你盯着看久了，会闪出墨绿的光泽。瞳孔里因为蕴涵了过多的期望而显得秋水淋淋。肌肤像刚刚裱制出的白绸，细腻光滑无一丝波痕。柔曼的腰肢，玲珑的曲线，都带着稍纵即逝的精致。

她们的心绪，像一块绿毡似的秧田。看似平静，其实每一阵微风荡过，都引起所有的枝叶震颤。

草莓红了。芭蕉被雨淋湿。成熟的樱桃想飞到天上去，无所不在的万有引力又使它飘落黄土地。

无论女人有多少瑰丽的想象，她们一生中最重要的事，是寻找那个缺了肋骨的男人，重新嵌进他的胸膛。无论找到找不到，都有无尽的苦恼与欢乐。

男人和女人终于镶在一起了。

在女人行将破裂的那一瞬，我决定逸出她的躯壳，去做一个男人。因为此时的男人好威风啊！

婚后的男人，太累太累。好像追赶太阳的夸父，一头担着事业，一头担着家庭。出于怕苦怕累的天性，又使我返回头去想作女人，但女人已开始孕育生命。这是充满创造也充满艰险的劳动，简直是女人一生中最大的劫难。

女人变得面目全非，身躯沉重，步履蹒跚。脸上趴着褐色的蝴蝶，曲线被圆弧毫不留情地替代。心脏汹涌地鼓荡着，供给着两个人的血脉。

那是生与死的循环啊。女人或者捧出两条生命，或者与她的婴孩一起沉没海底。

面对生命的链条，我怯懦地闭上眼睛。我真的不知该选择作男人还是作女人，也许人生就是无止尽的苦难，无论怎样巧妙地在礁石上跳来跳去，我们还是得被巨流浇得透湿。

也许在真正美妙的融合中，男人和女人是一堵砌在高坡上的墙。你不可能将他们分开，你不可能说自己是其中的砖还是泥水。墙矗立着，或者訇然倒塌；或者很有风度地站上一千年，依然像刚完工那般新鲜。

真的，我们不必区分得太分明。一个好的男人和一个好的女人，在共患难的日子里，是一种奇怪的有四只脚和四只手的动物。他们虽然有两颗心，却只有一个念头——风雨同舟地向前。

新的生命诞生了。

从这儿以后，还是坚持作男人吧。哺育的担子太重，社会又对女人提出了太多的角色。在家是举案齐眉的贤妻良母，出外是叱咤风云的巾帼强人。父母膝下返璞归真的孝女，社交场合典雅华贵的夫人……一副副面具需要轮换着镶在脖颈上，深夜里女人会仰天叹息：我在哪里？

做男人就简明扼要多了。他们缓缓地但是坚定不移地向着既定的目标前进，好像一艘巨大的航空母舰。他们的轮廓在岁月中渐渐模糊，但内心仍坚定如铁。失败的时候，他们在人所不知的暗处，揩干净创口的血痕。当他们重又出现在太阳下的时候，除了觉出他的脸色略显苍白以外，一切如常。他们也会哭泣，但流出来的是血不是水。血被风干了，就是美丽的玫瑰花，被他们不经意地夹在成功的证书里。

男人的自由多，男人的领域大。男人被人杀戮也被人原谅，男人编造谎言又自己戳穿它。男人可以抽烟可以酗酒可以大声地骂人可以随意倾泻自己的感情。历史是男人书写的，虽然在关键的时刻往往被一只涂了蔻丹的指甲扭转。那也是因为在那只手的后面，有一个男人微笑地凝视着她。

我懵懵懂懂疲倦地走过了许多年，频繁地选择着性别按钮，连自己也感觉厌烦。似乎每一次选择的动机都是避重就轻，人类的弱点在选择中暴露无遗。

选择的机会不是很多了，我们已经老迈。

时间是一个喜欢白色的怪物，把我们的头发和胡子染成他爱好的颜色。他的技术不是太好，于是我们就变得灰蒙蒙。孩子长大了，飞走了，留下一个空洞的巢穴。由于多年在一起生活，我们吃一样的饭，喝同一种茶叶沏成的水，甚至连枕头的高度也是一致的。我们变得很相像，像一对古老的花瓶，并肩立在博物架上，披着薄薄的烟尘。

我们不可遏制地走向最后的归宿。我们常常亲热地谈起它，好像在议论一处避暑的胜地。其实我们很害怕，不是害怕那必然的结局，是害怕孑然一身的孤独。

我们争论谁先离开的利弊。男人和女人仿佛在争抢一件珍贵的礼物，都希图率先享受死亡的滋味。

在这人生最后一轮的选择中，我选择女性。

我拣轻怕重了一辈子，这次挺身而出。男人，你先走一步好了。既然世上万事都要分出个顺序，既然谁留在后面谁更需要勇敢，我就陪伴你到最后。一个孤单的老翁是不是比一个孤单的老媪更为难？让我噙这颗坚硬的胡桃到最后吧。

这是生命的分工，男人你不必谦让。

你病了，我会在你的床前，唱我们年轻时的歌谣。我会做你最爱吃的饭，因为你说过，除了你的母亲，这个世界上我做的饭最对你的口味。我们共同回忆以往的时光，把辛苦忙碌一辈子没来得及说的话，借病房的角落全部说完。

其实话是说不完的。

有一天，你突然说要告诉我一个秘密。你说男人都有自己的秘密，你对我这样好，其实我不值得你对我这样好……

你要用秘密回报我的真诚，这样使我在你死后不会太伤心。

我立刻用苍老的手，堵住你的嘴。我说，你别说，永远别说。我们之间没有秘密，最大的秘密就是我们怎样在茫茫人海中相识，从过去一直走到将来。

男人走了，带着他永远的秘密。

现在，我已无法再选择。

那两个红色绿色的按钮，已经剥脱了油彩，像两颗旧衣服上的扣子。

选择性别，其实就是选择命运。男人和女人的命运有那么多的不同，又有那么多的相同。

我最后将两颗按钮一起揿下，我不知道会发生什么样的事情。

它们破裂了。留下一堆彩色的碎片。

我作为一个女人，来到这个世界上。我又作为一个女人，离开这个世界。似乎所有的选择都是徒劳。

不。我用一生的时间，活出了两生的味道。

# 忍受快乐

忍受快乐

提醒幸福

珍惜愤怒

疲倦

修补爱情

# 忍受快乐

忍受快乐。

这个提法,好像有点不伦不类。快乐啊,好事么,干吗还要用忍受这个词?习惯里,忍受通常是和痛苦、饥寒交迫、水深火热联系在一起的。

忍受是什么呢?是一种咬紧嘴唇苦苦坚持的窘迫,是一种打落牙齿和血吞下的痛楚,是一种巴望减弱祈祷消散的呻吟,是一种狭路相逢听天由命的无奈。

如果是忍受灾害,似乎顺理成章。忍受快乐,岂不大谬?天下会有这种人?人们惊愕着,以为这是恶意的玩笑和粗浅的误会。

环顾四周,其实不欢迎快乐的人比比皆是。不信,你睁大了眼睛,仔细观察一下当快乐不期而至的时候,大多数人们的惊慌失措吧。

最具特征的表现是:对快乐视而不见。在这些人的心底,始终有一股冷硬的声音在回响——你不配拥有……这是过眼烟云……好景终将飘逝……此刻是幻觉……人生绝非如此……啊!我太不习惯了,让这种情形快点过去吧……

我们姑且称这种心绪为——快乐焦虑症。

这奇怪的病症是怎样罹患的?

许多年前,我从雪域西藏回北京探家,在车轮上度过了二十天时光。最终到家,结束颠沛流离之后,很有几天的时间,我无法适应凝然不动的大地。当我的双脚结结实实地踩在土地上的时候,感觉怪诞和恐慌。我焦灼不安地认为,只有那种不断晃动和起伏的颠簸,才是正常的。

你看,经历就是这么轻易地塑造一个人的感受和经验。当我们与快乐隔绝太久,当我们在凄苦中沉溺太深的时候,我们往往在快乐面前一派茫然。这种陌生的感觉,本能地令我们拒绝和抵抗。当我们把病态看成了常态时,常态就成了洪水猛兽。

一些人,对快乐十分隔膜。他们习惯于打拼和搏斗,竟不识天真无邪的快乐为何物。他们对这种美好的感觉,是那样骇然和莫名其妙,他们祷告它快快过去吧,还是沉浸在争执的旋涡中更为习惯和安然。

还有一些人,顽固地认为自己注定不会快乐。他们从幼年起,就习惯了悲哀和苦痛。他们不容快乐的现实来打扰自己,不能胜任快乐的重量和体积。他们更习惯了叹息和哀怨。甚至发展到只有在凄惨灰色的氛围里,才有变态的安全感。那实际上是一种深深的忧虑造成的麻痹和衰败,他们丧失了宁静地承接快乐的本能。

他甚至执拗地蒙起双眼,当快乐降临的时候,不惜将快乐拒之门外。他们已经从快乐焦虑症发展到了快乐恐惧症。当快乐敲门的时候,他们会像寒战一般抖起来。当快乐失望地远去之后,他们重新坠入喑哑的泥潭中,熟悉地昏睡了。

常常有人振振有词地说,我不接受快乐,是因为我不想太顺利了。那样必有灾祸。

此为不善于享受快乐的经典论调之一，快乐就是快乐，它并不是灾祸的近亲，和灾祸有什么血缘的关系？快乐并不是和冲昏头脑想入非非必然相连。灾祸的发生自有它的轨迹，和快乐分属不同的子目录。中国有句古话，叫做乐极生悲。我相信世上一定有这种偶合，在快乐之后，紧跟着就降临了灾难。但我要说，那并不是快乐引来的厄运，而是灾难发展到了浮出海面的阶段。灾难的力量在许多因素的孕育下，自身已然强大。越是在这种情形下，我们越是要珍惜快乐，因为它的珍贵和短暂。只有充分地享受快乐，我们才有战胜灾难的动力和勇气。

许多人缺乏忍受快乐的容量，怕自己因为享受了快乐，而触怒了什么神秘的力量，怕受到天谴，怕因为快乐而导致了自己的毁灭。

快乐本身是温暖和适意的，是欢畅和光亮的，是柔润和清澈的，同时也是激烈和富有冲击力的。

由于种种幼年和成年的遭遇，有人丢失了承接快乐的铜盘，双手掬起的只是泪水。这不是他们的过错，但是他们永久的悲哀。他们不敢享受快乐，他们只能忍受。当快乐来临的时候，他们手足无措，举止慌张。甚至以为一定是快乐敲错了门，应该到邻居家串门的，不知怎么搞错了地址。快乐美丽的笑脸把他们吓坏了。他们在快乐面前，感到不大自在，赶紧背过身去。快乐就寂寞地遁去。

快乐是一种心灵自在安详的舞蹈，快乐是给人以爱自己也同时享有爱的欢愉的沐浴，快乐是身心的舒适和松弛，快乐是一种和谐的宁静。

当我们奔波颠簸跳荡狂躁得太久之后，我们无法忍受突然间的安稳和寂静。我们在无边无际的喧闹中，遗失了最初的感动，我们已忘怀大自然的包容和涵养。我们便不再快乐。

很多人不敢接受快乐的原因，是觉得自己不配快乐。这真是一个奇怪的逻辑。快乐是属于谁的呢？难道不是像我们的手指和眉毛一样，是属于我们自身的吗？为什么让快乐像一个无人认领的孤儿，在路口徘徊？

人是有权快乐的。甚至可以说，人就是为了享受心灵的快乐，才努力和奋斗，才与人交往和发展。如果这一切只是为了增加苦难，我们还有什么理由为此奋斗不息？

人是可以独自快乐的，因为人的感觉不相通。既然没有人能代替我们切肤之痛的苦恼，也就没有人能指责我们的独自快乐。不要以为快乐是自私的，当我们快乐的时候，我们就播种快乐的种子。我们把快乐传染给周围的人，我们善待周围的世界，这又怎么能说快乐是自私的呢？

当我们不接纳快乐的时候，我们实际上是不尊重自己，不相信自己，不给自己留下美好驰骋和精神升腾的空间。

快乐是一种无拘无束的展翅翱翔，快乐是一种淋漓尽致的挥洒泼墨，快乐是一种两情相依，快乐是一种生死无言。

对于快乐，如同对待一片丰美的草地，不要忍受，要享受。享受快乐，就是享受人生。如果快乐不享受，难道要我们享受苦难？即便苦难过后，给我们留下经验的贝壳，当苦难翻卷着白色的泡沫的时候，也是凶残和咆哮的。

快乐是我们人生得以有所附丽的红枫叶。快乐是羁绊生命之旅的坚韧缰绳。当快乐袭来的时候，让我们欢叫，让我们低吟,让我们用灵魂的相机摄下这些瞬间,让我们颔首微笑地分享它悠远的香气吧!

忍受快乐,是一种怯懦。享受快乐,是一种学习。

# 提醒幸福

我们从小就习惯了在提醒中过日子。天气刚有一丝风吹草动，妈妈就说，别忘了多穿衣服。才相识了一个朋友，爸爸就说，小心他是个骗子。你取得了一点成功，还没容得乐出声来，所有关切着你的人一起说，别骄傲！你沉浸在欢快中的时候，自己不停地对自己说：千万不可太高兴，苦难也许马上就要降临……

我们已经习惯于提醒，提醒的后缀词总是灾祸。灾祸似乎成了提醒的专利，把提醒也染得充满了淡淡的贬意。

我们已经习惯了在提醒中过日子。看得见的恐惧和看不见的恐惧始终像乌鸦盘旋在头顶。

在皓月当空的良宵，提醒会走出来对你说：注意风暴。于是我们忽略了皎洁的月光，急急忙忙做好风暴来临的一切准备。当我们大睁着眼睛枕戈待旦之时，风暴却像迟归的羊群，不知在哪里徘徊。当我们实在忍受不了等待灾难的煎熬时，我们甚至会恶意地祈盼风暴早些到来。

在许多夜晚，风暴始终没有降临。我们辜负了冰冷如银的月光。

风暴终于姗姗地来了。我们怅然发现，所做的准备多半是没有用的。事先能够抵御的风险毕竟有限，世上无法预计的灾难却是无限的。战胜灾难靠的更多的是临门一脚，先前的惴惴不安帮不上忙。

当风暴的尾巴终于远去，我们守住零乱的家园。气还没有喘匀，新的提醒又智慧地响起来，我们又开始对未来充满恐惧的期待。

人生总是有灾难。其实大多数人早已练就了对灾难的从容，我们只是还没有学会灾难间隙的快活。我们太多注重了自己警觉苦难，我们太忽视提醒幸福。

请从此注意幸福！

幸福也需要提醒吗？

提醒注意跌倒……提醒注意路滑……提醒受骗上当……提醒荣辱不惊……先哲们提醒了我们一万零一次，却不提醒我们幸福。

也许他们认为幸福不提醒也跑不了的。也许他们以为好的东西你自会珍惜，犯不上谆谆告诫。也许他们太崇尚血与火，觉得幸福无足挂齿。他们总是站在危崖上，指点我们逃离未来的苦难。

但避去苦难之后的时间是什么？

那就是幸福啊！

享受幸福是需要学习的，当幸福即将来临的时刻需要提醒。人可以自然而然地学会感官的享乐，人却无法天生地掌握幸福的韵律。灵魂的快意同器官的舒适像一对孪生兄弟，时而相傍相依，时而南辕北辙。

幸福是一种心灵的震颤。它像会倾听音乐的耳朵一样，需要不断的训练。

简言之，幸福就是没有痛苦的时刻。它出现的频率并不像我们想象的那样少。人们常常只是在幸福的金马车已经驶过去很远，拣起地上的金鬃毛说，原来我见过她。

人们喜爱回味幸福的标本，却忽略幸福披着露水散发清香的时刻。那时候我们往往步履匆匆，瞻前顾后不知在忙着什么。

世上有预报台风的，有预报蝗虫的，有预报瘟疫的，有预报地震的。没有人预报幸福。

其实幸福和世界万物一样，有它的征兆。

幸福常常是朦胧的，很有节制地向我们喷洒甘霖。你不要总希冀轰轰烈烈的幸福，它多半只是悄悄地扑面而来。你也不要企图把水龙头拧得更大，使幸福很快地流失。而需静静地以平和之心，体验幸福的真谛。

幸福绝大多数是朴素的。它不会像信号弹似的，在很高的天际闪烁红色的光芒。它披着本色的外衣，亲切温暖地包裹起我们。

幸福不喜欢喧嚣浮华，常常在暗淡中降临。贫困中相濡以沫的一块糕饼，患难中心心相印的一个眼神，父亲一次粗糙的抚摸，女友一个温馨的字条……这都是千金难买的幸福啊。像一粒粒缀在旧绸子上的红宝石，在凄凉中愈发熠熠夺目。

幸福有时会同我们开一个玩笑，乔装打扮而来。机遇、友情、成功、团圆……它们都酷似幸福，但它们并不等同于幸福。幸福会借了它们的衣裙，袅袅婷婷而来，走得近了，揭去帏幔，才发觉它有钢铁般的内核。幸福有时会很短暂，不像苦难似的笼罩天空。如果把人生的苦难和幸福分置天平两端，苦难体积庞大，幸福可能只是一块小小的矿石。但指针一定要向幸福这一侧倾斜，因为它有生命的黄金。

幸福有梯形的切面，它可以扩大也可以缩小，就看你是否珍惜。

我们要提高对于幸福的警惕，当它到来的时刻，激情地享受每一分钟。据科学家研究，有意注意的结果比无意要好得多。

当春天的时候，我们要对自己说，这是春天啦！心里就会泛起茸茸的绿意。

幸福的时候，我们要对自己说，请记住这一刻！幸福就会长久地伴随我们。

那我们岂不是拥有了更多的幸福！

所以，丰收的季节，先不要去想可能的灾年，我们还有漫长的冬季来得及考虑这件事。我们要和朋友们跳舞唱歌，渲染喜悦。既然种子已经回报了汗水，我们就有权沉浸幸福。不要管以后的风霜雨雪，让我们先把麦子磨成面粉，烘一个香喷喷的面包。

所以，当我们从天涯海角相聚在一起的时候，请不要踌躇片刻后的别离。在今后漫长的岁月里，有无数孤寂的夜晚可以独自品尝愁绪。现在的每一分钟，都让它像纯净的酒精，燃烧成幸福的淡蓝色火焰，不留一丝渣滓。让我们一起举杯，说：我们幸福。

所以，当我们守候在年迈的父母膝下时，哪怕他们鬓发苍苍，哪怕他们垂垂老矣，你都要有勇气对自己说：我很幸福。因为天地无常，总有一天你会失去他们，会无限追悔此刻的时光。

幸福并不与财富地位声望婚姻同步，它只是你心灵的感觉。

所以，当我们一无所有的时候，我们也能够说，我很幸福。

因为我们还有健康的身体。当我们不再享有健康的时候，那些最勇敢的人可以依然微笑着说：我很幸福。因为我还有一颗健康的心。甚至当我们连心都不再存在的时候，那些人类最优秀的分子仍旧可以对宇宙大声说：我很幸福。因为我曾经生活过。

常常提醒自己注意幸福，就像在寒冷的日子里经常看看太阳，心就不知不觉暖洋洋亮光光。

# 珍惜愤怒

小时候看电影，虎门销烟的英雄林则徐在官邸里贴一条幅“制怒”。由此知道怒是一种凶恶而丑陋的东西，需要时时去制服它。

长大后当了医生，更视怒为健康的大敌。师传我，我授人；怒而伤肝，怒较之烟酒对人为害更烈。人怒时，可使心跳加快，血压升高，瞳孔散大，寒毛竖紧……一如人们猝然间遇到老虎时的反应。

怒与长寿，好像是一架跷跷板的两端，非此即彼。

人们渴望强健，人们于是憎恶愤怒。

我愿以我生命的一部分为代价，换取永远珍惜愤怒的权利。

愤怒是人的正常情感之一，没有愤怒的人生，是一种残缺。当你的尊严被践踏，当你的信仰被玷污，当你的家园被侵占，当你的亲人被残害，你难道不滋生出火焰一样的愤怒吗？当你面对丑恶面对污秽，面对人类品质中最阴暗的角落，面对黑夜里横行的鬼魅，你难道能压抑住喷薄而出的愤怒吗?!

愤怒是我们生活中的盐。当高度的物质文明像软绵绵的糖一样簇拥着我们的时候，现代人的意志像被泡酸了的牙一般软弱。小悲小喜缠绕着我们，我们便有了太多的忧郁。城市人的意志脱了钙，越来越少倒拔垂杨柳强硬似铁怒目金刚式的愤怒，越来越少见幽深似海水波不兴却孕育极大张力的愤怒。

没有愤怒的生活是一种悲哀。犹如跳跃的麋鹿丧失了迅速奔跑的能力,犹如敏捷的灵猫被剪掉胡须。当人对一切都无动于衷,当人首先戒掉了愤怒,随后再戒掉属于正常人的所有情感之后,人就在活着的时候走向了永恒——那就是死亡。

我常常冷静地观察他人的愤怒,我常常无情地剖析自己的愤怒,愤怒给我最深切的感受是真实,它赤裸而新鲜,仿佛那颗勃然跳动的心脏。

喜可以伪装,愁可以伪装,快乐可以加以粉饰,孤独忧郁能够掺进水分,惟有愤怒是十足成色的赤金。它是石与铁撞击一瞬痛苦的火花,是以人的生命力为代价锻造出的双刃利剑。

喜更像是一种获得,一种他人的馈赠。愁则是一枚独自咀嚼的青橄榄,苦涩之外别有滋味。惟有愤怒,那是不计后果不顾代价无所顾忌的坦荡的付出。在你极度愤怒的刹那,犹如裂空而出横无际涯的闪电,赤裸裸地裸露了你最隐秘的内心。于是,你想认识一个人,你就去看他的愤怒吧!

愤怒出诗人,愤怒也出统帅,出伟人,出大师,愤怒驱动我们平平常常的人做出辉煌的业绩。只要不丧失理智,愤怒便充满活力。

怒是制不服的,犹如那些最优秀的野马,迄今没有任何骑手可以驾驭它们。愤怒是人生情感之河奔泻而下的壮丽瀑布,愤怒是人生命运之曲抑扬起伏的高亢音符。

珍惜愤怒,保持愤怒吧!愤怒可以使我们年轻。纵使在愤怒中猝然倒下,也是一种生命的壮美。

# 疲倦

疲倦是现代人越来越常见的一种生存状态，在我们的周围，随便看一眼吧，有多少垂头丧气的儿童？萎靡不振的青年？疲惫已极的中年？落落寡合的老年？……人们广泛而漠然地疲倦了。很多人已见怪不怪，以为疲倦是正常的了。

有一次，我把一条旧呢裤送到街上的洗染店。师傅看了以后，说，我会尽力洗熨的。但是，你的裤子这一回穿得太久了，恐怕膝盖前面的鼓包是没法熨平了。它疲倦了。

我吃惊地说，裤子——它居然也会疲倦？

师傅说，是啊。不但呢子会疲倦，羊绒衫也会疲倦的，所以，穿过几天之后，你要脱下晾晾它，让毛衫有一个喘气的机会。皮鞋也会疲倦的，你要几双倒换着上脚，这样才可延长皮子的寿命……

我半信半疑，心想，莫不是该师傅太热爱他所从事的工作了，才这般体恤手下无生命的衣料。

又一次，我在一家工厂，看到一种特别的合金，如同谄媚的叛臣，能折弯无数次，韧度不减。我说，天下无双了。总工程师摇摇头道，它有一个强大的对手。

我好奇，谁？

总工程师说，就是它自己的疲劳。

我讶然，金属也会疲劳啊？

总工程师说，是啊。这种内伤，除了预防，无药可医。如果不在它的疲劳限度之前，让它休息，那么，它会突然断裂，引发灾难。

那一瞬，我知道了疲倦的厉害。钢打铁铸的金属尚且如此，遑论肉胎凡身！

疲倦发生的时候，如同一种会流淌的灰暗，在皮肤表面蔓延，使人整个地困顿和蜷缩起来。如果不加克服和调整，粘滞的不适，便如寒露一般，侵袭到身体的底层。我们了无热情，心灰意懒。我们不再关注春天何时萌动，秋天何时飘零。我们迷茫地看着孩子的微笑，不知道他们为何快乐。我们不爱惜自己了，觉察不到自己的珍贵。我们不热爱他人了，因为他人是使我们厌烦的源头。我们麻木困惑，每天的太阳都是旧的。阳光已不再播洒温暖，只是射出逼人的光线。我们得过且过地敷衍着工作，因为它已不是创造性思维的动力。

疲倦是一种淡淡的腐蚀剂，当它无色无臭地积聚着，潜移默化地浸泡着我们的神经，意志的酥软就发生了。

在身体疲倦的背后，是精神率先疲倦了。我们丧失了好奇心，不再如饥似渴地求知，生活纳入尘封的模式。甚至婚姻，也会疲倦。它刻板地重复着，没有新意，没有发展。爱情的弹性老化了，像一只很久没有充气的球，表皮皲裂，塌陷着，摔到地上，噗噗地发出充满怨恨的声音，却再不会轻盈地跳起，奔跑着向前。

疲倦到了极点的时候，人会完全感觉不到生命和生活的乐趣，所有的感官都在感受苦难，于是它们就保护性地不约而同地封闭了。我们便被闭锁在一个狭小的茧里，呼吸窘迫，四肢蜷曲，渐渐逼近窒息了。

疲倦的可怕，还在于它的传染性。一个人疲倦了，他就变成一炷迷香，在人群中持久地散布着疲倦的细微颗粒。他低落地徘徊着，拖抑着整体的步伐。当我们的周围生活着一个疲倦的人，就像有一个饿着肚子的人，无声地要求着我们把自己精神的谷粒，拨一些到他的空碗中。不过，如果我们这样做了之后，才发觉不但没有使他振作起来，自身也莫名其妙地削弱了。

身体的疲倦，转而加剧着精神的苦闷。

变更太频繁了，信息太繁复了，刺激太猛烈了，扰动太浩大了，强度太凶，频率太高……即使是喜悦和财富吧，如果没有清醒的节制，铺天盖地而来，也会使我们在震惊之后深刻地疲倦了。

当疲倦发生的时候，我们怎么办呢？

看看大自然如何应对疲倦吧。春天的花开得疲倦的时候，它们就悄然地撤离枝头，放弃了美丽，留下了小小的果实。当风疲倦的时候，它就停止了荡涤，让大地恢复平静。当海浪疲倦的时候，洋面就丝绸般地安宁了。当天空疲倦的时候，它就用月亮替换太阳……

人们没有自然界高明。不信，你看。当道路疲倦的时候，就塞车。当办公室疲倦的时候，就推诿和没有效率。当组织者疲倦的时候，就出现混乱和不公。当社会出现疲倦的时候，就冷漠和麻木……

疲倦对我们的伤害，需要平心静气的休养生息。让目光重新敏锐，让步伐恢复轻捷，让天性生长快乐，让手足温暖有力。耳朵能够捕捉到蜻蜓的呼吸，发梢能够感受到阳光的抚摸，微笑能如鲜橙般耀眼，眼泪能如菩提般仁慈……

疲倦是可以战胜的，法宝就是珍爱我们自己。疲倦是可以化险为夷的，战术就是宁静致远。疲倦考验着我们，折磨着我们。疲倦也锤炼着我们，升华着我们。

# 修补爱情

东西用得久了，便会磨损。小到一双鞋子，大到整个天空。于是诞生了修补这个行当。从业人员从街头古朴的老鞋匠，到谁都未曾谋面的一位叫做女娲的神仙。

只有珍贵的东西，才需要修补。我们不会修补一次性的筷子和菲薄的面巾纸，但若损坏的是一双象牙筷子和一幅名贵字画，又是家传的珍宝和友人的馈赠，那就大不一样了。你会焦灼地打探哪里有技术高超的工匠，为了让它们最大限度地恢复原貌，不惜殚精竭虑。

我们修补，是因为我们怀有深情。在那破损的物件的皱褶里，掩藏着岁月的经纬和激情的图案。那是情感之手留下的独一无二的指纹，只属于特定的人和特定的刹那。

考古人员修复文物，所费的精力，绝对大于再造一件新品。比如一个陶罐，掉了耳朵，破了边沿，漏了帮底，假若它是新出厂的，肯定扔在垃圾箱里，但在修复者眼里，它们是不可替代的惟一。于是绞尽脑汁，将它复原到美轮美奂。陶罐里盛着凝固的历史和永恒的时间。

修补是一个工程，需要大耐心，大勇气，大智慧。耐心是为了对付那旷日持久的精雕细刻，是为了在漫长的修复过程中，坚定自己的信念和抵御他人的不屑。智慧是为了使原先的破损处,变得更加牢靠而美观。

人们常常担心修补过的器物,是否还有价值。也许在外观上会遗有痕迹,但在内在品质上,修补处该更具强韧的优势。听一位师傅说,锔过的碗,假如再摔于地,哪怕别处都碎成指甲盖大的碗碴,但被锔钉箍过的磁片,依旧牢牢地拢在一起。

爱情是我们一生中最需精心保养的器皿,它具备可资修补的一切要素。爱是珍贵的,爱是久远的,爱是有历史的,爱是渗透了情感的,爱是无价之宝。

爱情的修理工,不能假手他人,只能是我们自己。当我们签下爱情契约的时候,也随手填写了它的保修单。我们既是爱情的制造者,也是它的使用者和维修者。这种三合一的身份,使人自豪幸福也使人尴尬操劳。爱情系统一旦出了故障,我们无法怨天尤人,只有痛定思痛地查找短路,更换原件,改善各种环境和条件……

古书上说,假如宝玉有了裂纹,可用锦缎裹,肌肤相亲,昼夜不离身,如此三年。那美玉得了人的体温滋养,就会渐渐弥合,直至天衣无缝,成为人间至宝。

不知这法子补玉是否灵验?若以此法修补爱情,将它放进两颗胸膛,以血脉灌溉,以精神哺育,以意志坚持,以柔情陶冶,它定会枯木逢春,重新郁郁葱葱。

# 母爱的级别

母爱的级别
额头与额头相贴
爱是不能比的
抱着你，我走过安西
儿子的创意
混入北图
我很重要
握紧你的右手
抵制“但是”
千头万绪是多少？
斯特朗的地毯鞋
面具后面的脸

# 母爱的级别

有人说，爱是与生俱来的。母爱是我们理解爱的最好的范本和老师。

我以为，错。爱是需要学习，需要钻研，需要切磋，需要反复实践，需要考验，需要总结经验，需要批评帮助，需要阅读需要讨论，需要提高需要顿悟……总之，需要一切手段的打磨和精耕细作的艺术。

与生俱来的只有动物的本能。人的爱，超越了血缘、种族、国界，它辽阔的翅膀抵达宇宙的疆界，这是地球上任何一种动物不可能天然辐射的领域。所以，爱不是如同瞳仁的颜色和身高的尺度，是一串基因决定的先天，而是后天艰苦琢磨的成长之丹。

印度狼孩的故事，是一个动物母爱的典范之作。有时想，假如是一个人类的母亲，得到了一只狼的幼崽，将会怎样？一般情形下，怕是不会用乳汁哺育它长大的吧？这不但说明了母爱是盲目的，还说明如果单纯比较母爱的浓度，也许人还不如一只动物。有人会说，狼长大了，会咬人，谁敢喂它？那么，一只小鼠，就会有人类的母亲用乳汁哺育它吗？答案也基本上是否定的。

母爱并不是爱的高级阶段，因为它仅仅是人类的一种本能。

人类的婴儿接受母爱，是被动和无意识的。在感知的那一方面来讲，母爱首先是物质的，是生存的必要条件。如果没有母亲的乳汁和精心呵护，小婴儿根本就无法生存。所以，母爱的早期阶段是分割界限不清晰的融合，它具有多方面付出的照料性质，高级阶段则升华为分离和精神的构建。世上有许多母亲，可以把属于动物本能的那一部分做得较好，就是可以完成对子女的衣食住行的补给维护，但是对高级部分，就是超越一己、博爱人类——从血缘分离弥散扩展和广博的爱，就未必能及格以至优秀。

我们不时地听到某个母亲，因为孩子的学习成绩不好，竟把自己的亲生孩子殴打致死的事情。这是爱吗？很多人说这不是爱，因为他们本能地拒绝承认这是爱，在他们眼中，爱是纯正和没有任何杂质污染的，包括爱是不能有失误的。但我想说，假使把那位死去的孩子复活，问他或她，你的妈妈是否爱你，我想，他和她带着满身伤痕，也会说，妈妈爱……

因为母爱的初级阶段，就是如此盲目和自怜自恋的。她很可能不尊重孩子，难以清晰地界定孩子是另一个完整的独立的个体。她把自己的感受和期望，强加在一个与她完全不同的人身上，就会酿成悲剧。这不但是生理上的，还有更深的心理上的痕迹。我要说，很多成人的家庭不幸和性格缺憾，追溯起来，都和母爱只停留在低级阶段，未能完成向高级阶段的转化有关。单纯的低级的母爱，是泥沙俱下，糟粕与精华并存的原始状态。

在母爱的高级阶段，母亲要高屋建瓴地完成与孩子的分隔。她高度尊重生命的不同个体之间的差异，帮助一个新的生命走向灿烂和辉煌。这种境界，即使是一个潜质优等的母亲，如果不经过修炼和学习，也是不容易天然达标的。如果将它比作一座关键的闸门，我们将忧虑地看到——无数的母亲被隔绝在门的这一边，只有少数优异的母亲，才能跨越这对她们自身也充满挑战的门槛，完成爱的本质的升华。

既然母爱里包含着如此分明和严格的界限，我们有什么理由坚持——母爱就一定是我们接受爱的完善楷模呢？

所以，我宁可说，爱是没有天造地设的老师的，爱又无法无师自通。爱很艰巨，爱要我们在时间中苦苦摸索。

# 额头与额头相贴

如今，家家都有体温表。苗条的玻璃小棒，头顶银亮的铠甲。肚子里藏一根闪烁的黑线，只在特定的角度瞬忽一闪。捻动它的时候，仿佛是打开裹着幽灵的咒纸，病了或是没病，高烧还是低烧，就在焦灼的眼神中现出答案。

小时家中有一枚精致的体温表，银头好似一粒扁杏仁。它装在一支粗糙的黑色钢笔套里，我看过一部反特小说，说情报就是藏在没有尖的钢笔里，那个套就更有几分神秘。

妈妈把体温表收藏在我家最小的抽屉——缝纫机的抽屉里。妈妈平日上班极忙，很少有工夫动针线，那里就是家中最稳妥的所在。

大约七八岁的我，对天地万物都好奇得恨不能吞到嘴里尝一尝。我跳皮筋回来，经过镜子，偶然看到我的脸红得像在炉膛里烧好可以夹到冷炉子里去引火的炭煤。我想我一定发烧了，我觉得自己的脸可以把一盆冷水烧开。我决定给自己测量一下体温。

我拧开黑色笔套，体温表像定时炸弹一样安静。我很利索地把它夹在腋下，冰冷如蛇的凉意，从腋下直抵肋骨。我耐心地等待了五分钟，这是妈妈惯常守候的时间。

终于到了。我小心翼翼地拿出来，像妈妈一样眯起双眼把它对着太阳晃动。

我什么也没看到，体温表如同一条宁澈的小溪，鱼呀虾呀一概没有。

我百般不解，难道我已成了冷血动物，体温表根本不屑于告诉我了吗？

对啦！妈妈每次给我夹表前，都要把表狠狠甩几下，仿佛上面沾满了水珠。一定是我忘了这一关键操作，体温表才表示缄默。

我拈起体温表，全力甩去。我听到背后发出犹如檐下冰凌折断般的清脆响声。回头一看，体温表的扁杏仁裂成无数亮白珠子，在地面轻盈地溅动……

罪魁是缝纫机板锐利的折角。

怎么办呀？

妈妈非常珍爱这支温度表，不是因为贵重，而是因为稀少。那时候，水银似乎是军用品，极少用于寻常百姓，体温表就成为一种奢侈。楼上楼下的邻居都来借用这支表，每个人拿走它时都说：请放心，绝不会打碎。

现在，它碎了，碎尸万段。我知道任何修复它的可能都是痴心妄想。

我望着窗棂发呆，看着它们由灼亮的柏油样棕色转为暗淡的树根样棕黑。

我祈祷自己发烧，高高地烧。我知道妈妈对得病的孩子格外怜爱，我宁愿用自身的痛苦赎回罪孽。

妈妈回来了。

我默不作声。我把那只空钢笔套摆在最显眼的地方，希望妈妈主动发现它。我坚持认为被别人察觉错误比自报家门要少些恐怖，表示我愿意接受任何惩罚而不是凭自首减轻责任。

妈妈忙着做饭。我的心越发沉重，仿佛装满水银（我已经知道水银很沉重，丢失了水银头的体温表轻飘得像支秃笔）。

实在等待不下去了，我飞快地走到妈妈跟前，大声说：我把体温表给打碎了！

每当我遇到害怕的事情，我就迎头跑过去，好像迫不及待的样子。

妈妈狠狠地把我打了一顿。

那支体温表消失了，它在我的感情里留下一个黑洞。潜意识里我恨我的母亲——她对我太不宽容！谁还不失手打碎过东西？我亲眼看见她打碎一个很美丽的碗，随手把两片碗碴一摞，丢到垃圾堆里完事。

大小和小人，是如此的不平等啊！

不久，我病了。我像被人塞到老太太裹着白棉被的冰棍箱里，从骨头缝里往外散发寒气。妈妈，我冷。我说。

你可能发烧了。妈妈说，伸手去拉缝纫机的小屉，但手臂随即僵在半空。

妈妈用手抚摸我的头。她的手很凉，指甲周旁有几根小毛刺，把我的额头刮得很痛。

我刚回来，手太凉，不知你究竟烧得怎样，要不要赶快去医院……妈妈拼命搓着手指。

妈妈俯下身，用她的唇来吻我的额头，以试探我的温度。

母亲是严厉的人。在我有记忆以来，从未吻过我们。这一次，因为我的过失，她吻了我。那一刻，我心中充满感动。

妈妈的口唇有一种菊花的味道，那时她患很重的贫血，一直在吃中药。她的唇很干热，像外壳坚硬内瓤却很柔软的果子。

可是妈妈还是无法断定我的热度。她扶住我的头，轻轻地把她的额头与我的额头相贴。她的每一只眼睛看定我的每一只眼睛，因为距离太近，我看不到她的脸庞全部，只感到一片灼热的苍白。她的额头像碾子似的滚过，用每一寸肌肤感受我的温度，自言自语地说：这么烫，可别抽风……

我终于知道了我的错误严重性。

后来，弟弟妹妹也有过类似的情形。我默然不语，妈妈也不再提起。但体温表树一样栽在心中。

终于，我看到了许多许多根体温表。那一瞬，我脸上肯定灌满贪婪。

我当了卫生兵，每天需给病人查体温。体温表插在盛满消毒液的盘子里，好像一位老人生日蛋糕上的银蜡烛。

多想拿走一支还给妈妈呀！可医院的体温表虽多，管理也很严格。纵是打碎了，原价赔偿，也得将那破损的尸骸附上，方予补发。我每天对着成堆的体温表处心积虑摩拳擦掌，就是无法搞到一支。

后来，我作了化验员，离温度表更遥远了。一天，部队军马所来求援，说军马们得了莫名其妙的怪症，他们的化验员恰好不在，希望人医们伸出友谊之手。老化验员对我说，你去吧！都是高原上的性命，不容易。人兽同理。

一匹砂红色的军马立在四根木桩内，马耳像竹笋般立着，双眼皮的大眼睛贮满泪水，好像随时会跌跪。我以为要从毛茸茸的马耳朵上抽血，战战兢兢不敢上前。

兽医们从马的静脉里抽出暗紫色的血。我认真检验，周到地写出报告。

我至今不知道那些马们得的是什么病，只知道我的化验结果起了至关重要的作用。

兽医们很感激，说要送我两筒水果罐头作为酬劳。在维生素匮乏的高原，这不啻一粒金瓜子。我再三推辞，他们再四坚持。想起人兽同理，我说，那就送我一只体温表吧！

他们慨然允诺。

春草绿的塑料外壳，粗大若小手电。玻璃棒如同一根透明铅笔，所有的刻码都是洋红色的，极为清晰。

准吗？我问。毕竟这是兽用品。

很准。他们肯定地告诉我。

我珍爱地用手绢包起。本来想钉个小木匣，立时寄给妈妈。又恐关山重重雪路迢迢，在路上震断，毁了我的苦心。于是耐着性子等到了一个士兵的第一次休假。

妈妈，你看！我高擎着那支体温表，好像它是透明的火炬。

那一刻，我还了一个愿。它像一只苍鹰，在我心中盘桓了十几年。

妈妈仔细端详着体温表说，这上面的最高刻度可测到摄氏四十六度，要是人，恐怕早就不行了。

我说，只要准就行了呗！

妈妈说，有了它总比没有好。只是现在不很需要了，因为你们都已长大……

# 爱是不能比的

我哺育我的儿子的时候，感受到自身生命的枯萎和一种新的生命的诞生。

乳汁像一根银线，它迸射出来的时候，好像一束柔韧的蚕丝。我觉得自己胸前藏着两坨洁白的线团，乳汁缠绕在上面，很紧密，很细致，仿佛丰收时沉重的玉米穗。

儿子樱红色的嘴唇，噙住丝线的一端，开始孜孜不倦地缠绕他的生命之轴。那个小线轴，单薄、幼弱，仿佛露水雕成的。在这个峥嵘的世界上，无论遗落在哪一处角落，都会迅速被尘埃淹没。

我把我生命的线头给他，轻轻拍拍他的额头。他开始盘绕他的生命之线了，很贪婪，很执犟的。这是一种与生俱来的生命的本能。在这种原始的蓬勃的力面前，每一个母亲都感到由衷的狂喜：这是一个多么强健的孩子啊！

线团均匀地走动着，发出像纺车一样平静的嗡嗡声。我的这一团线轴渐渐变小了，儿子的那一团线轴渐渐变大了，仿佛两盘电影胶片，那一盘上的景象，缓缓地移到这一盘上……于是，我的发白了，齿松了，骨脆了，手颤了……但我乐此不疲，我愿意用我所有的精华，凝成又粗又韧白亮的丝线，给予你，我亲爱的儿子！

他像一台优质的小抽水机，喝起奶来没个够。我要吃许多的东西，饮许多的汤，然后经过我体内连我也不知晓的一系列复杂变化，成为一种洁白的液体。我很惊讶自己的这种功能，仿佛一座生物制品厂。青的菜，红的果，鲜蹦的活鱼，粘稠的猪蹄，都褪掉了色泽，化解了异味。椒不会使乳汁变辣，醋不会使乳汁变酸，这真是一台好机器。我常常由衷地赞赏自己，这是我儿子置在我身上的田地。我要努力把这块土地耕耘好，争取一个又一个金色的秋天。

儿子出生时整整七斤，一个月以后，他明显地膨胀了。奶奶说，去称一称吧，这是当妈妈的功劳。只是到哪里去称呢？我说，把他挂在秤钩上吧，就像乡下称小猪崽那样。奶奶用一块花布将他裹起，来到一家卖水果的摊上。在充满着果香的秤盘上，儿子不安分地手舞足蹈，秤砣摇晃着，忽悠着，随着他小小的力气颠簸……终于，在一个极短的瞬间，他异常安静，秤砣像一只成熟的梨平稳地悬在空中……八斤半还多！好壮的孩子啊！售货员们大哗。奶奶把孩子递给我，扯下花布单，丢到白净的秤盘里，说刨刨皮儿，我们要个净重！售货员说皮儿就二两，您老人家放心吧！

我几乎可以每时每刻察觉到他的长大，像我们拼命注视一块钟表时，就可以看到分针的走动。我在哺育儿子的时候静静地听着，仿佛像木柴被火烘烤时轻微的爆裂声，自那小小的躯体溢出，那是他的骨骼增长时的音响。我看见他像蝌蚪一样灵活的黑色瞳仁，像坠落的雨滴在云雾中长大。我摸着他像海带一样柔顺的黑发，感到它们在我的指间无可置疑地加长。我想象得出那些洁白的乳汁化成的鲜艳的血液，在他体内像红头绳一样，紧绷绷地流动着……

我为他的蓬勃生长而欣喜若狂，完全不顾及伴随而来的我的衰老。在很长的一段时间内，我以为这就是母爱，爱的峰巅。

直到有一天，一个女人对我说：你爱你的儿子，实质上是爱你自己。因为他是你血缘的继续。

那一刹，我的一种信念，像被击中的鸽子，从高空飘然落下。

爱孩子，像爱自己的手、自己的脚一样自然，值不得喧嚣，值不得标榜得无上崇高。惟有爱那与自己毫无干系的人，爱得刻骨铭心，爱得无怨无悔，爱得为了他献出自己的鲜血与生命，这才是爱中的极品。那女人说。爱是不能够比的。我对她说。

# 抱着你，我走过安西

那一年我到甘肃敦煌。从兰州坐汽车，在戈壁滩上跋涉千里。一日午后，经过安西。白茫茫的沙海反射着耀眼的阳光，远处矗着从地面直通云端的黑色风柱，旋转着向我们逶迤而来——那是沙暴……

我突然感到一种莫名其妙的亲切。眼前这干燥的黄土，盘旋的热风，死一般的寂静，还有渐渐旋近的危险……

我可能在梦中到过这个地方。我对自己这样说。

半月后，我回到家，同父母说起安西的遥远。我夸张地描述那里的荒凉，说，你们无法想象那里的神秘。

妈妈很注意地听我聊天。自从我长大到了许多她不曾到过的地方以后，在我描述远方的时候，她总是像个小学生一样专心地看着我，那神气不单是从我这里得到新的见闻，而是在用整个姿势说：看！我的女儿去了我没有去过的地方！

猜测到了母亲这种心情以后，我常常投其所好。我得意地说，妈妈，您到过安西吗？

没想到妈妈非常肯定地回答，三十多年前，我抱着你，走过安西。

我回过头去看爸爸。我不是不相信妈妈，我是需要再一次的证明。

爸爸说，是的，那时你才五个月。

我的父母不喜欢忆旧，总是对以后发生的事充满了希望，觉得最后的才是最好的。

谈话无端地中断了。我们总以为还有无数的时间储存着，可以从容地回忆以前。但是突然，我的父亲患了重病。在那种气氛下，是不能忆旧的。我们相信父亲会好起来，我们觉得做那种回忆的事情，会在冥冥中对父亲的康复有背道而驰的力量。

我们格外地避讳谈过去的事情，我们以为这样就可以对抗那种叫做命运的东西。

我们错了。父亲离我们远去。痛定思痛之后，我才发现有关父亲的往事，我们知道的是那么的少。懂得自己的父母是一件需要时间的过程，我们不可太年轻，那样我们只能记得他们的慈爱，无法深刻地洞悉他们的内心。我们也不可太年长，那时岁月的烽烟已将我们熏染，无数次默念中将父母重新塑造，已不再具有原始的亲切。

作为女儿，我不知父亲生命中的许多空白。在父亲去世以后，我才知道这是永远无法弥补的黑洞了。

我不想要家谱那样的东西，那是公共的枯燥的记录。我想看到我的祖先对他们生活血肉温暖的倾诉。

我已寻觅不到我的父亲了，于是我把双份的爱恋和探索的目光，注视着我的母亲。

母亲是一个穷人家的女儿，年轻时十分美丽。我小的时候，尽管她对我发着脾气，面色很难看，但在我看来，她依旧是美丽的。这甚至影响了我一生中对女子的审美观，我一直以为像我的母亲那样，白皙端庄不高不矮不胖不瘦的女人，才是世上最完美的女性。

我的父母是山东文登人，很小就定了亲。爷爷家的村庄很小，只有一所初级小学。父亲读高年级的时候，就要到母亲所在的村子里读书了。每逢放学的时候，和母亲一起玩的小伙伴就嚷：快看小英子的女婿啊，他下学了。

母亲小名叫英子。她远远地看着父亲——一个眉毛黑黑的高大男孩。

父亲在威海读了中学后，参军到了山东抗日军政大学。以后到了一野，解放战争中转战南北，跟随王震将军，一直打到了新疆的伊宁。

这座中国西北长满白杨的城市，距我父母的家乡，大概有一万里路。

一九五一年，我的父亲来了一封信，要我的母亲赶快到新疆与他团聚。那一年，母亲刚满二十岁。

父亲后来说，当时王震将军已经开始在内地广招女兵，他作为一个年轻的军官，时常被人问及婚姻。他记着母亲，所以邀母亲前去。但那时的新疆，遥远得如同今日的北极，都是罪犯流放之地。他征询母亲的意见，由母亲做出她对自己命运的选择。

母亲是可以不去的。

但是母亲深深记挂着那个有浓黑眉毛的男子。她把家里的门帘摘下来，洗净叠好，放在炕上，好像是去串亲戚，不久就会回来。把自己的换洗衣服装进一个小包袱，带着烧饼和姥爷卖了粮食凑的几块钱，踏上了未知的道路。

母亲先到了烟台，然后坐船到青岛。她从没出过远门，又晕船，坐的是轮船在水面以下的那个统仓，吐得日月无光。

但是青岛的风景使她把旅途的艰辛淡忘，凭着父亲开出的介绍信，母亲和几位到新疆寻夫的女人汇合在一处。有一个女人的老父是个地主，农村的形势使他感到某种危险，所以和女儿一起远走新疆。他有文化而且有头脑，母亲就把介绍信交给他，由他一路安排食宿。

母亲离开家乡的日子是一九五一年农历的二月二，龙抬头的日子。其后的旅行在母亲的记忆里就变得模糊而迷茫。她上了一辆又一辆的汽车和火车，到达西安以后，又开始坐马车。他们这一伙老人和妇女每天住在负责接待的兵站里，像真正的军人一样大碗盛菜，馒头管够。

母亲刚开始想，当兵在外原是这样地舒服啊！但随着行程越来越向西，景色越来越荒凉，母亲想父亲一个人在外，真是够可怜的了。

沿途晓行夜宿，母亲已和同行的人十分熟悉。突然有一天，那老人说，现在已经到了新疆的界面，他们几个的亲人在南疆，而我的父亲在北疆。以天山为界，前面就是分手的地方。母亲将独自完成剩余的几千里路程。

那一瞬，母亲感到了极大的恐慌。甚至比从家乡出走时还要孤单。那时她不知道旅途的艰难，幸好找到了同伴。现在她知道以后的路程更加莫测，征途迢迢，却要独自跋涉。

但这是无法救药的事情。老汉对母亲说，你的男人做的官比她们的都大，你会有好日子过的。路上的事你不是都见识过了吗？没有我，你也一样能对付得了。

他们坐着新疆特有的勒勒车，向南方的沙漠中走去。妈妈默默地注视着他们,充满惆怅。在以后的岁月里,再也没有得到他们的音讯。

一九五一年的五月,历尽风霜的母亲到达了新疆的乌鲁木齐。她被告知父亲在伊宁率领部队执行任务,一时没有汽车到那里去,只有等。

母亲就在乌鲁木齐等了整整一个月。那是一段十分痛苦的等待,母亲什么人都不认识,一个人到街上去转,语言又不通。母亲想,一定不能死在这里,不然变成鬼魂,也找不到人说话。后来总算有了一辆老掉牙的车,要到伊宁去,母亲迫不及待地爬上车,一路颠簸,终于在离开家乡五个月以后,到达伊宁。

母亲坐在父亲的团部里,有人去喊父亲……

我以为这种阔别多年的会面一定非常激动,没想到母亲淡淡地说,她看到父亲时只有一个感觉就是——他长大了。

我也问过父亲同样的问题,您见到母亲的第一印象是什么?父亲说,当然是高兴啊,你妈妈胆子够大的。要是别的人,不会跑这么远来找我。咱们老家的那地方人,是很恋家的。

母亲在父亲的团里住了下来。那时候,部队很艰苦。领导干部的家眷平日也都住在集体宿舍里。只有到了星期天,才让夫妇团聚。办法是在大礼堂里用白布单分割出许多单间,女人们先把自己的被褥铺好,熄了灯以后,男人们才无声地钻进自己的家。母亲说,黑灯瞎火的,有的男人曾经摸错过门。

我就是孕育于这样的环境。

由于水土不服,母亲的身体变得很坏。她在卫生队当了一段时间护士以后,就再也支撑不了了,天天躺在床上。有一次她下床的时候,晕倒在地,头撞在脸盆架上,血把肥皂盒都灌满了。

母亲说，我从一出现，就同她作对，害得她一点东西也吃不了，最后变得骨瘦如柴。她甚至想自己可能要死在这个叫做伊宁的地方了，这是她第一次后悔到新疆来寻找我的父亲。

正是母亲最困难的时候，上级命令父亲带着他的队伍出征。母亲看着父亲，什么话也没有说。因为她知道，说什么话也不能改变父亲执行命令的决心。她只是仔细地盯着父亲，要把他的形象深深地刻在自己的脑子里。她想，等他回来的时候，自己可能已经不在这个世界上了。

父亲也是什么也没说，他只是留下了一个警卫员照顾我的母亲。

这是一个老兵，足有四十多岁了。当母亲第一次对我描述他的时候，我说，妈，您肯定记错了。哪有那么老的兵？这个年纪可以当将军了。

妈妈说他真的只是一个兵，是从国民党队伍里解放过来的，个子矮矮的，脸圆圆的，一笑一眯眼，很和善的样子。

父亲在众多的战士里挑选了这个老兵，是他一生最英明的决定之一。如果不是这个有经验的男人细心照料，我母亲和我的生命将遭遇巨大的风险。

妈妈一天什么也不吃，不是她娇气，而是她的胃成心和她作对。无论她吃进什么，胃都毫无例外地翻滚，把东西吐出来。

妈妈被边塞的风吹得欲哭无泪，在一九五二年伊犁河畔的一座土屋里。父亲在远方率领着他的部队征战，绝不回头照料自己的妻子。

母亲无怨无悔地躺在床上。她甚至都停止思维了，只是在等待。等待她必然的命运。

这时候她闻到了一种奇异的香味，她觉得自己从小到大没有闻到过这么诱人的味道。

小胖子，你吃什么呢？母亲问。

她其实只是一个二十岁的少妇，那个老兵的年纪快有她的父亲大了。但是部队里都这样称呼那个老兵，大家都习惯了，她只能服从风俗。

小胖子走进来，黑色大土碗里，装着嶙峋精致的骨头和肉。

这是什么？妈妈问。

这是野鸽子的肉。

哪里来的？

我逮的。

让我尝尝好吗？

好。

小胖子把碗递给我妈妈，妈妈把野鸽子肉一口气吃完了。然后他们就安安静静地等待着。以往也有这种情形，妈妈把东西吃进去，但是很快就吐了出来。不是妈妈要吐，是她身体里一种莫名其妙的力量要这样捣乱。

决定吐不吐东西的是你。妈妈对我说。

我无言以对。那时的事情我真是不记得。

等待的结果不是吐，是妈妈又饿了——她还想吃野鸽子的肉。

小胖子高兴极了。他正为如何完成自己的任务大发其愁。要是我的母亲终于死了，他会像失守了一座阵地一样自责的。但他不知怎样劝一个吃不下东西的孕妇，他想出的惟一办法是——把周围能找得到的一切生物拿来烧了吃，他是一个四川人，还是很会吃的。

他吃了一样又一样，我的母亲总是无动于衷。但小胖子不气馁，继续试验下去。当他试到把野外捕来的野鸽子烧了吃的时候，我的母亲终于焕发了食欲。

在怀你的十个月当中，我只吃了不到十斤米。母亲说。

我说，妈妈您一定是记错了。一个孕妇，只吃这么少的粮食，她自己和婴儿都要陷入重度的营养不良。

母亲说，怎么会记错呢？大米是你父亲留下的，当时要算是特殊待遇了，由小胖子保管。我每次都劝他一道喝稀饭，因为四川人是爱吃大米的。他总是说，只有十斤，还是省着吃吧。这样一直到了生你的时候，米还没有吃完。

我说，我生下来的时候一定满面菜色。

妈妈说，孩子你错了。生你的时候是在一家苏联医院，你红光满面，健康无比。

我说，妈妈这是怎么一回事？

妈妈说，那都是野鸽子肉的功劳啊。

从那天以后，小胖子总是黎明即起，在伊犁河谷地上有一座废旧的仓库。小胖子把仓库所有的窗户都打开，在地上撒满苞谷粒。然后他就埋伏在远处，目光炯炯地注视着飞翔的野鸽子群。野鸽子们先是在天空盘旋，它们嗅到了新鲜苞谷的香气，一个个钻进幽暗的谷仓。它们在窗台上踯躅着，判断有无危险。

小胖子在远处镇静地等待着，不慌不忙。

野鸽子就大着胆子飞进谷仓，降落在地面上，仔细地拣食金色的谷粒。它们发出咕咕的友善的叫声，把大量的同伴吸引过来。

小胖子有足够的耐心，他要到傍晚时分才开始动作。拎着一把大扫帚，蹑手蹑脚地进了谷仓。野鸽子腾飞起的烟尘眯了他的双眼，但剩下的活他熟门熟路，就是闭着眼睛也是干得了的。他急速地奔到窗户跟前，把破旧的窗户死死关住。

谷仓立时昏暗起来，小胖子挥动大扫帚，上下飞舞，像哪吒的风火轮。野鸽子惊恐地飞翔着，但门窗已被堵死，扫帚像乌云般地扑下来，野鸽子无力地降落在地上……

小胖子把野鸽子捉住，把它们炖在从苏联买回的铝锅里，和我的母亲吃得津津有味。

我问母亲，您一共吃过多少只野鸽子？这可是杀生。

妈妈说，那不是我要吃，是你要吃。要不然，为什么吃什么都吐，惟有吃野鸽子就不吐了呢？整个怀你的期间，我大约吃了几千只野鸽子吧。

我吓了一大跳说，您准是记错了。

妈妈很严肃地说，我每天最少要吃十几只野鸽子，三百多天算下来，你说是多少只吧？

于是我暗暗地向造就我生命的这三千多只野鸽子道歉和祈祷。它们用血肉之躯构成了我的大脑骨骼牙齿和黑发，它们把飞翔的灵魂赋予了我，它们把从伊犁河谷的紫苜蓿红柳花蒲公英草籽中吸取的大地精华馈赠于我。我若是一生的努力还抵不过一只小鸟飞越蓝天时的勇敢，真是暴殄了天物。

妈妈渐渐地健康，终于到了一九五二年的十月。中秋节过后，住进了苏联人开的医院。阵痛席卷了她三天三夜，父亲还在远方操练他的部队。有人把妈妈难产的消息飞报父亲，他到医院里来了一趟。苏联医生的制度很严，他只能隔着窗户看一眼妈妈。父亲当时满脸悲怆，注视着这个跋涉了万水千山来找他的老乡……但是他不能停留，立即又骑马赶回了几百公里之外的部队。

妈妈记住了父亲那张悲戚紧张的脸，她很感动。她的一生紧紧同这个人相连，在一个女人最危急的时刻，他不能帮助她，但给了她深深的关切，这就足够了。

我是在正午十二时出生的。母亲说，她几乎在我出生的同一分钟就睡着了。几天几夜没合眼，疲倦已极。护士捅醒她，让她看一眼初生的婴儿。母亲说，看到我的第一眼，惊讶我的眉毛那样像我的父亲，浓黑地皱着，好像在思考什么重大的问题。之后她便深沉地睡着了。

母亲远离家人，没人照料她。胖胖的苏联看护大娘端来鲜红的西瓜，示意她吃。我出生在晚秋，这在内地已经是没有西瓜吃的季节，但新疆正是瓜果飘香。因为出了很多血，母亲口渴万分。但是她没有吃那诱人的西瓜，想起在老家，人们说月婆子是不能吃凉东西的。而且她还有说不出口的原因，生孩子的时候，一直咬紧牙关，满口的牙齿都松动了，无法咀嚼……

妈妈抱我回了凄清的部队。由于孩子不停地哭，不能再住集体宿舍了，母亲住进一间泥做的小屋。在新疆有许多这样的小屋，屋顶平平，墙壁裂缝，看得出是用砍土镘撅起的湿泥堆积而成，在某个角落还留着施工者当年的手印。你常常觉得它随时都会倒塌，其实它可以在风雨中屹立多年，比人要活得长久得多。

小屋远离人群，母亲抱着我，度过一个个漫漫长夜。孤独地听着呼啸的塞风，她不敢熄灯，面对如豆的灯火直到天明。清晨别人问她，是不是小女儿很难带？她说，没有啊。人家说，那为什么夜夜灯火通明？妈妈不好意思承认自己害怕，就把罪名推到我身上，改口说，是啊，女儿很爱哭。

当我三个月的时候，父亲回来了。这是他第一次见到我，也很惊讶我是那么像他（其实我远没有我的父亲英俊，我先生同我相识以后，曾说过你的父母都那么出类拔萃，可惜了你们这些孩子，居然没有一个像他们的）。父亲对母亲说，准备好，我们要走了。

母亲默默地准备行囊，她已经习惯了父亲的漂泊。甚至都没有问这次是到哪里去。倒是父亲自己忍不住了，说，你猜我们是到哪儿？上北京！

当时正是一九五三年初，组建军委，从各大军区选调年轻的团职干部充实总部，父亲恰在其中。

母亲并没有表示太多的欣喜和惊讶，她是一切听从父亲。只是在具体办调动的时候，遇到了一点意外。当时母亲的军籍已经报上去了，正在待批阶段。本来父亲要是稍微催促一下的话，也早就办好了。但因母亲一直得病，以后又是孕育我，父亲总想等到母亲能精干地工作时，再批不迟。现在中央的调令急如星火，上面只有父亲一个人的名字。摆在父母面前的是两条路——要么父亲一个人赶赴北京，母亲等着军籍批下来以后再办调动。要么同行，但母亲是以家属的身份跟随进京。

母亲毫不犹豫地选择了后者，这使她在今后漫长的岁月里付出了高昂的代价，影响了她的整个性格。浓重的阴影甚至渗进了我们的童年。

但是一九五三年初的母亲是兴致勃发的。她将随着她终身的依靠，一步步向内地迁徙。她离开父母已经很有一段时间了，她原不知自己何时才能再回家乡，此刻希望就在前面。

我那时只有三个月，携带这样小的孩子跋涉关山将遭遇怎样的困难，母亲估计不足。他们匆忙上路，坐在隆冬时节的汽车大厢板上，开始了历时几个月的颠簸。

妈妈本来以为是可以抱着我坐驾驶楼子的。一来在爸爸的队伍里，妈妈一直是享受照顾的，她忽略了天外有天。再一个原因完全是凑巧，同时调往北京的干部里，有一名家属也带了一个孩子，八个月大。

那孩子比你大了将近半岁啊，可他们不让着我。妈妈在多少年后一想起来，还叹息不止。

我的父亲是历来以忍让为美德的，他反对我的母亲同对方讲理，甚至反对母亲同对方协商出一个方案，每个孩子一天轮流坐在驾驶楼里。他只是要母亲忍让，让那个比我的生命历程长了将近三倍的男孩，不受风雨的侵袭，日日享受驾驶室的温暖。

其实就是在那些最颠簸的日子里，留给我的依然是幸福。母亲的怀抱永远是婴儿的海洋与天空，只要有了母亲，我们就永远有太阳。

母亲为了我吃了很多的苦，每逢到了兵站的时候，父亲都不愿让母亲抱着我与众人一起吃饭，怕我一时哭了起来，坏了众人的食欲。母亲就一个人在车上坐着，直到大家都吃完了饭，才独自走向冰冷的饭桌。当然父亲也是身体力行的，他也常常让母亲先去吃饭，自己抱着我，孤守在汽车大厢上。

我至今对所有人多的场合都心生畏惧，愿意一个人悄悄地躲在类乎大厢板这种寂寞凉爽的地方，拄着下巴出神。我想这一定是归功于我的父亲从小不许我上桌吃饭的命令，养成了我躲避喧嚣的习惯。

进京的路线是从新疆伊宁翻越果子沟，到达乌鲁木齐。然后穿过星星峡经哈密出新疆，继续东进，沿河西走廊到达兰州。这途中，在安西车坏了。母亲抱着我，徒步走过安西。一路上经过的许多地方，母亲都已忘记。她无暇参观车外的景色，一个三个月的婴儿在她怀中嗷嗷待哺。但她记住了“安西”这个地名，因为父亲对她说，过去的皇帝为了表示边境安宁，中国就有了“安南、安东、安西……”这些名称。面对着苍茫的大漠和如血的夕阳，母亲抱着她的小婴儿一边跋涉一边想，但愿此生永远不再经过安西。

现在在天上旅行不过几个小时的路程，父母亲走了几个月。到了一九五三年的五月，才到达北京。

其后的日子大约是母亲一生中最无忧无虑的时光。父亲作为年轻有为的军人，在总部机关大展宏图。建国初期时军人至高无上的地位，使得母亲心满意足。她没有其他的事情，专心致志地生养儿女。这其中有一次调干上工农速成中学然后上大学的机会，母亲毫不犹豫地放弃了。让父亲有一个舒适的家，让儿女们有一个快乐的童年，就是母亲单纯而美好的愿望。

父亲到政治学院深造了。母亲在家抚育着我们。这时已到了一九五七年，母亲已有了我、妹妹、弟弟三个孩子。她住在部队的大院里，每天穿着剪裁合体的旗袍，领着弟妹款款地散步。家中有保姆做饭，我被送到幼儿园长托，生活静谧而安详。

开始反右了，机关大院里闹得熙熙攘攘。从学校回来休假的父亲突然看到了几张大字报，说是有些军官的夫人没有工作，一天躲在城里吃闲饭……下面还附了一张长长的名单，他的名字赫然在列。

大字是一个哗众取宠的人所写，所有被点到名的军官们都置若罔闻。但我一惯尊严而要强的父亲如坐针毡，他第一次感到因了母亲，在众人面前感到抬不起头来。

吃晚饭的时候，父亲平平静静地说，你带着孩子回乡下去吧。

那一刻母亲惊骇莫名。但她很快就镇定下来了，她一生信服父亲，既然是父亲这样说了。那就是一定应该这样做的了。她默默地接受了父亲的安排，居然没有一丝异议。

第二天早上，母亲穿着单薄的旗袍，雇了一辆三轮车，大清早赶到前门的廊坊头条，排队买了一架缝纫机。她从小绣花，二十岁时出来寻找我的父亲，现在带着三个孩子回到乡下，她不会干农活，只有给人家做衣服，以做生计。

当所有的军官夫人都我行我素地过着和她们以往同样的日子时，我的母亲到办事处转出了我们母子四人的北京户口。对于这种毫无外力胁迫下的自由迁徙，办事员大惑不解，一再提醒我的母亲想清楚些，北京户口可是个宝，一出了这个门，你就是哭得眼睛流血，也成不了一个北京人了。

母亲默默地听着她的话，什么也没有说，带着我们的户口回到她的故乡——山东省文登县的一个小村。

父亲甚至没有把我们送回老家，就赶回去上他的学去了。

母亲离开故乡的时候，是一个如花似玉的女孩，那一方水土的人都以母亲为骄傲，对自家的女孩说，要出落得像小英子一样，以后嫁个军官，见大世面，过好日子。现在年近三十的小英子突然很落魄地拉扯着三个孩子回来了，其中我最小的弟还不到一岁。

姥姥一家慌忙腾出“门屋子”，给我们住。这是一间暗淡的小屋，在大宅院里，是看门的长工住的地方。乡亲们窃窃私语，以为我的父亲一定是犯了天条，或者是我的母亲遭了婚变。

他们狐疑地观察着母亲，母亲对这一切浑然不觉。人们惟一能相信母亲说她在外面日子过得还好的证据是——我们这几个孩子粉团玉琢，不像遭了虐待的模样。

母亲的缝纫机没有派上什么用场，她只会简单地轧线，并不会裁剪，乡下人喜欢的式样她也做不出来，根本没有人找她做衣服。她开始下地劳动，玉米锋利的叶子把她的胳膊划出道道血痕。她毫无怨言，跟着年迈的姥爷学习着一件件农活。

不管大人们如何评价这一次搬迁，它在我心里留下了极为美好的印象。我再也不用穿夹脚的红皮鞋，可以光着脚在地上跑来跑去。我再也不用喝腥气冲天的炼乳，而可以大嚼特嚼冒着青水的玉米秆，直到把舌头划出一道道血口，但是只见到吐出的渣滓变成粉色，并不觉得疼。中午时分我可以在大太阳底下，用姥爷编的小篮子拣河滩上无穷无尽的鹅卵石，捡满了就把它们倒回河里去。再也不用像幼儿园那样必须睡午觉，谁要是睡不着，多翻了几个身，生活老师就不给你升小红旗……

那一年，我五岁。一个五岁的城里孩子记住的都是快乐。我的妹妹三岁，我的弟弟一岁，所以我相信，要不是经过特别的提醒，他们是一定不记得自己曾经认认真真地做过几个月乡下人的。

我父亲独自遣返家属的事情，被领导知道。他们要求父亲立即将我们接回。于是在离开北京很短的日子后，妈妈带着我们又回到北京。

新的家比原来的家还要大和漂亮，那时的家具都是配发的，所以把自己的被褥铺好后，几乎一切都没有变化。甚至比原来还要舒适。因为我已经过了幼儿园的转园时间，要在家里呆几个月，才能进入新的班级，父亲专门为我请了新的保姆。在一段时间里，家里居然有两个保姆，好不热闹。

表面看来，一切都没有变。但是一个最重要的变化已经不可逆转地发生了——那就是我的母亲认识到了世界的严酷。她原来以为父亲就是一切，现在才发现她除了父亲一无所有。

我要去上班。去工作。母亲说。父亲惊讶了一下，说，你能干什么呢？

母亲已经快三十岁了，她除了绣花，没有做过其他的工作。这些年忙着抚育我们，原有的文化已经淡忘。

别人能做什么，我也能做。母亲说。

但是孩子怎么办呢？父亲问。

找保姆。母亲坚决地说。

父亲是挚爱母亲的，他什么都没有说，开始为母亲联系工作。因为母亲爱绣花，她进了一家工艺美术厂，在铜器上描花。

母亲也许幻想着成为一个工艺美术大师，但她必须从学徒作起，每月的工资是十五元。

家里雇着两个保姆的开销，数倍于母亲的收入。母亲每天除了上班以外，还要参加众多的政治学习，回家时往往是深夜。母亲从来没有经过这样紧张的奔波，回家后看着我们被保姆带得肮脏不堪，素有洁癖的母亲又挽起袖子亲自为我们洗涤。

这样几个月下来，父亲看着疲惫不堪的母亲和顿失饱满的孩子说，你就不要上班了。这是何苦呢？我又不是养不活你们。

母亲一字一句地说，我再也不想让别人养活了。那个贴大字报的人，不管是什么用心，他让我明白了，一个人要是没有一技之长，说不定什么时候，别人就会操纵你的命运。

从此后，母亲坚忍地过着她的学徒生活，我们几个孩子主要在别人的照料下渐渐长大。父亲繁忙地工作着。大家虽然忙碌，也很快活，直到有一天……

那时我已九岁了，记忆已十分清晰。在一天吃晚饭的时候，父亲突然说，我要回去了。

母亲什么也没问，但是立刻知道了父亲所说的回去，是指返回新疆。

母亲说，吃完饭，再说这件事好吗？

吃完饭后的事情，我就不知道了。当我长得比较大以后，才知道，由于中苏边境中蒙边境紧张，要向新疆增派干部。父亲是从新疆调来的，对新疆比较了解，自然是首当其冲的人选。

我们已经守过边疆了。现在该轮着别人去了。母亲无力地说。

跟组织上，是不能讲这个话的。父亲说。

妈妈以为原来同我们一同调京的干部，大部分都会回去。没想到真到临行的时候，只有父亲依旧去戍边。

别人为什么都不回去呢？为什么偏偏是我们？母亲不解。

他们都说自己有病。父亲说。

那你也说自己有病。母亲说。

我没病。父亲说。

当我的父亲后来患一种极罕见缓慢的恶性血液病、离开人间的时候，我在外文资料上看到，父亲所患疾病的病史是长达几十年的。父亲到了新疆之后就多次高烧，现在看来，那就是疾病的早期征兆了。

那些号称有病的军人，至今还在世上。我的健康无比的父亲，已长辞人间。

由于当时边境形势十分紧张，父亲必须立即前往，不得携带家属。于是父亲又一次离开我们母子，一个人奔赴祖国的边疆。

从那以后，我基本上就没有跟我的父亲长久地相处过。他在我的心目中，渐渐地幻化成一个神。当我们做了什么不好的事情的时候，妈妈就会说，要是你爸爸知道了，他会难过的。要是我们做出了什么成绩，妈妈就会说，你爸爸会高兴的。所以，对我来说，无所不在的父亲，总是在高远的天空俯视着我，犹如上帝的目光。

我觉得在我的父亲离开北京以后，我的母亲才真正地长大。尽管在这以前，她已经有了三个孩子，还经受了一次下乡的锻炼。现在，她一向依傍的肩膀断然离开，在漫长的中蒙边境建设中国铁的边防。三个孩子像蚂蟥一样吸在她的身上，汲取她的力量。

母亲在那个年代留下的照片，明显地呈现出一种断裂。在我的父亲没有离去之前，她是优雅的军官夫人。在这之后，虽然父亲的官职不断升迁，母亲反倒更像一个劳动妇女了。母亲在一所普通的工厂做工，从亲身的经历中，体验到民间的疾苦，对我们的要求严格了。她终日和平民百姓打交道，变得越来越朴素。

母亲上班的工厂不通汽车，她就从旧货市场买来一辆“生产”牌的自行车，从此每天在路上奔波两小时。她再也不穿优雅的旗袍了，因为她始终没学会骑车的刹闸，遇到危险时只会匆忙跳下，旗袍不方便。她也像普通女工一样中午带菜，我记得她总是把辣椒之类很清淡的菜，装进一个小酒盅里，说是这样不容易洒。依家中的情形，妈妈可带好一些的菜，但她很俭省。我后来才明白，她是不愿让别的女工感觉她特殊。冬天她冒着风雪回来后，手冷得像冰坨，弟妹都吵着要她抱抱。母亲总是说，让我在暖气上把手烤热一点再抱你们……

母亲跟着他们工厂的人学着纳鞋底，说要给我做一双布鞋。我一直对母亲的布鞋充满神往，对同学们也吹过不止一次。但是母亲因为忙，这鞋做了好几年。等到鞋底子纳好的时候，我的脚已经长大了，无法再穿这双布鞋。母亲就说，可以改成布凉鞋，反正脚指头能伸到鞋外面，小一点也是可以穿的。我大度地说，那就变成凉鞋好了。但实际穿起来，才知道布底子的凉鞋是很没有优越性的，夏天多雨，一沾水就变得死沉，实在不舒服。

母亲为我们织毛衣（在这以前，我们的毛衣都是买的，十分漂亮）。织了很大一片，才发觉掉了一针。母亲就和我商量，说要是拆了重织，浪费很多时间。干脆用针线把那个窟窿补起来，不仔细看是看不出来的。我当然拥护妈妈的合理化建议，而且认为天衣无缝。直到很多年以后，我听女人们议论起毛衣掉了一针，需拆了重织时，我苦口婆心地劝她们只需用针缝起来，她们惊讶得仿佛我是教唆纵火，我这才晓得妈妈当年是如何地因陋就简。

妈妈实在是太忙了。

父亲刚走，我的弟弟就在幼儿园里患了急性黄疸性肝炎。这在那个饥饿的年代，是可以致人于死地的疾病。三岁的弟弟被送到全军的传染病医院隔离治疗，因为我的父亲已经调出这个单位，父亲在时的所有待遇一概取消（我至今认为军队是最铁面无私的地方），母亲在每一个星期日去赶公共汽车，倒几次车，去远郊看我的弟弟。当然给父亲写了信，但是父亲是不会回来的，在他的心里，国家的事永远比自家的事重要。

后来我的妹妹又得了重病，住进了 301 医院，要动手术。手术做到一半，医生传出话来，怀疑是癌症。母亲在扩大手术范围的单子上签了名，手术整整做了九个小时。那一年，我的妹妹刚十一岁。

父亲这一次回来了，但是只在家里呆了三天，就又坐飞机赶回边防线。母亲几乎习惯了对命运中的突变，单独应战。她已经从那个柔弱的夫人成长为一根顶梁柱。

她每日守着妹妹，带她去烤镭，带她看中医。妹妹成功地从病魔的手里逃脱出来，是母亲再造了妹妹。

但母亲对我们又是很严厉的。自父亲调走以后，我们家的位置起了某种微妙的变化。我们的小学是部队的子弟小学，家长们的爵位就成了砝码。父亲在时，我并不是凭借父亲的职位才获得成绩，但是父亲走了之后，要保住以往的光荣，我们却要付出加倍的努力。

但无论怎样挽救，事情也有不能如意的地方。比如我担任少先队的大队长一职多年，因为我的学习成绩一直比较优秀。有一次，大院里说是学空军，要把孩子们另组织起一套新的队伍，一位成绩不如我的同学成了这个组织的大队长，而我成了一个莫名其妙的楼长。

母亲知道之后，声色俱厉地斥责我，说我骄傲了，退步了，怎么连××都不如了……那次打没打我，我不记得了。但我记得心境非常忧伤，我注视着母亲，心想妈妈您是真的不懂人一走茶就凉的道理吗？我比您小得多，可是我懂。我在心里对她说，妈妈，我已经尽了最大的努力，但我就是比现在做得还要好上十分，这个大院里的大队长也是不会给我当的。那个××的父亲是主管学校的要人，您忘了吗？

我的父亲出任中蒙边境边防总站的第一任政委，成功地完成了多次边境谈判。当八十年代末期，报纸画报上登出某位现今的领导，是中蒙边境防务的缔造者时，父亲淡淡地说，我当政委的时候，他刚刚入伍。

父亲一生淡泊名利，他永远把家庭置于国家利益之下，母亲为此作出了巨大的牺牲。

“文革”开始，父亲参加三支两军，制止武斗到了不顾身家性命的地步。母亲实在放心不下，她决定追随父亲到新疆。

母亲又一次经过安西，为了父亲和我，重回荒凉之地。

我参军到了西藏，母亲经常面向她以为是西藏的方向，长久地流泪。

我是长女，母亲对我倾注了更多的爱。我从小就和母亲相依为命，所有的艰难和困厄，我都和母亲一同度过。

我更深刻地认识母亲，是在得知我的父亲患重病之后。母亲的天塌了，我知道这对于她是怎样深重痛苦的打击。但是在那灾难性的日子里，母亲表现出了无畏的勇敢和坚忍，她无微不至地照顾父亲，安慰着我们。其实这个世界上最需要安慰的正是她自己啊。

写到这里，我的泪水滚滚而下，电脑的键盘上落满了水滴，手指不断打滑。我无法平静地描写父亲最后的时光，也许我永远也写不出来，那实在是心灵的炼狱。我只是为我的父母深深地感动着，他们相依为命，一同走过了艰辛而幸福的一生。

父亲在最后的痛苦中对我说：我很幸福。有你妈妈，有你们……

父亲是一个军人，一个永远以国家的利益高于一切的人。在他的一生中，我没有听到过他说过类似温情的话。

我的母亲——那个山东昆嵛山下聪明美丽的女孩，她将一生交给了我的父亲，又顽强地从父亲的身影里走了出来，以她坚韧的自尊的努力，给了我们以良好的教养、简朴清白的品格、荣辱不惊的心胸和在巨大的苦难面前的无所畏惧的气概。

我的父亲在我的眼中是神，他的目光睿智而高远。

我的母亲是一个普通的女人，她用自己的血脉锻造了我们，精神融化于我们的生命。为了使她快乐，她的子女愿意做任何事情。我的妹妹后来在北京大学读书，弟弟在一九七七年考上大学。

父亲去世后，母亲曾对我说，你爸爸到远处去了。你们小的时候，你爸爸就经常到远处去，这一次不过走得更长久些。我们终会到你父亲所在的地方去，我们还会团圆。在没有远行之前，我们还像以前你父亲不在的时候，一道好好地过日子，好吗？

好的。妈妈，我答应您。

爸爸妈妈，无论天上人间，我们永远在一起。

# 儿子的创意

儿子在家里乱翻我的杂志。突然说:“我准备到日本旅游一次。”因为他经常异想天开,我置之不理。

他说:“咦,你为什么不表态?难道不觉得我很勇敢吗?”

我说:“是啊是啊,很勇敢。可世上有些事并不单是勇敢就够用。比如这件事吧,还得有钱。”

他很郑重地说:“这上面写着,举办一个有关宗教博物馆建筑的创意征文比赛。金牌获得者,免费到日本观光旅游。”说着,把一本海外刊物递给我。

我看也不看地说:“关于宗教,你懂得多少?关于建筑,你懂得多少?金牌银牌历来都只有一块,多么激烈的争夺。你还是好好做功课吧。”

他毫不气馁地说:“可是我有创意啊,比如这个博物馆里可以点燃藏香,给人一种浓郁的宗教气氛。比如这个博物馆里可以卖斋饭,让参观的人色香味立体地感受宗教。比如这个博物馆里可以播放佛教音乐,您从少林寺带回的药师菩萨曲,听的时候就让人感到很宁静。比如……”

我打断他说:“别比如了,像你这样布置起来,我想起了旧社会的天桥。人家征的是建筑创意,要像悉尼的贝壳状大歌剧院,有独特的风格。我记得你小时候连积木都搭不好,还侈谈什么建筑!”

十几岁的儿子好脾气,不理睬我的挖苦。自语道:“在地面挖一个巨大的深坑,就要一百米吧,然后把这个博物馆盖在底下……”

我说:“噢,那不成了地下宫殿?”

儿子不理我,遐想着说:“博物馆和大地粗糙的岩石泥土间要留有空隙,再用透明的建筑材料砌成外墙,这样参观的人们时时刻刻会感到土地的存在,产生一种神秘感。从底下向阳光明媚的地面攀升,会有人的自豪感。地面部分设计成螺旋状的飞梯,象征着人类将向宇宙探索……”他在空中比划了一个上大下小的图形。

我不客气地打断他:“挖到地下那么深的地方,会有矿泉水涌出来,积成一个火山口样的湖泊。你想过没有?再说什么样的建筑材料,可以长久地保持你所要求的透明度?还有你设计的飞梯,空中的螺旋状,多么危险!反正我是不敢上这种喇叭型梯子的。还有……”

儿子摆摆手说:“妈妈,您说的问题都是问题。不过那是工程师们需要解决的问题,不关我的创意。妈妈,您知道什么是创意吗?那就是最富于创造性的意见啊。”

我叹了一口气说:“好了,随你瞎想好了。不过我要提醒你一句,对于一个学生来说,我以为最好的创意莫过于一个好成绩了。”

儿子在电脑上完成了他的创意。付邮之前,我说:“可以让我看看你的完成稿吗?”

他翻了我一眼说:“您是评委吗?”

我只好一笑了之。

很长时间过去了,在我们几乎将这事淡忘的时候,儿子收到了一个写着他的名字并称他为“先生”的大信封。

他看了一眼地址,是那家征文发起部门寄来的。儿子对我说:“妈妈,猜猜信里有什么?”

我说:“一封感谢信。所有的投稿者都会得到的回答。”

儿子说:“我猜是一张飞往东京的机票。”

我们拆开信,里面是一张请柬,邀请儿子到海外参加发奖仪式。

儿子苦恼地说:“现在赶去也来不及了。再说他们也没说清我是不是获奖者。”

我说:“还不死心啊? 邀请你参加发奖,已是天大的面子。我想,这同我们这儿的电视剧友情出演一样,烘托气氛,以壮声威,是助兴之举。”

儿子思忖着说:“妈,您说这发奖会不会像奥斯卡奖一样,给所有可能获奖的人都发请柬,到时候再突然宣布谁是真正的得主?”

我说:“一个建筑奖恐怕不会像电影奖那样张扬。别想那么多了,重要的在于你已参与。”

儿子皱起眉毛说:“参与固然重要,得奖也很重要。”

我说:“对于你现在最重要的是做作业。”

当我们把这件事完全忘记的时候,接到了征文举办部门的第二封信。信中说,我的儿子没能去参加那天隆重的发奖仪式,他们深感遗憾。儿子得了创意银牌奖,奖牌及奖金他们设法转来。

儿子放学回来，还没摘书包，我就把信给他。

他看了一眼，然后淡淡地说："银牌啊？我想我是该得金牌的。一定是他们觉得我年岁小，一个人到日本去不方便，商量了一下就说，算了。给他个银牌吧。"

我瞠目结舌。停了一会儿才问他："你为什么这么想到日本去呢？"

他立时来了精神，兴致勃勃地说："日本的游戏机最好玩了，我去了就可以买一台回来玩啊。"

# 混入北图

带儿子混入北京图书馆，蓄谋已久。

孩子的度量衡，与成人大不同，人小的时候，可以吃到一生中最好吃的东西，看到一生中最神秘的景象，记住一生中最难忘的话语。甚至恐惧，也是童年时为最。

我带孩子参观过许多展览、许多博物馆。四岁时便让他独自去爬长城，我坚信那份磅礴与宏伟，会渗入他的骨髓，少年是一块虚怀若谷的包袱皮，藏进什么都最稳妥，一辈子都能闭着眼摸到。

北图是亚洲最大的图书馆和北京最美的建筑之一，但它只对成人开放。门口很随意地写着（想象中北图的规矩应该铭刻在铜质烫金的硬物上），进入需要证件。说起来挺宽松的，比如退休证、个体工商者证都行，惟有对学生，是一份别致的苛刻：需大学三年级以上的学生证。

假如儿子二十岁时才能进入北图，我觉得那是生命的遗憾。对于成人，北图只不过是获取知识的所在。对于孩子，这座宝蓝色屋顶的巨大宫殿，该有一股独特的魔力。无奈我们的国立图书馆“少儿不宜”，于是一个鬼祟而崇高的主意开始萌动：等他长到和我一般高，我们就混入北图。

耐心地等待这颗青果成熟。终于有一天，孩子能穿40号的鞋子。我对他说：想去北图吗？想去。想去。儿子酷爱书。他说过最爱的是母亲，其次是书，气得他父亲咻咻。现在，第一爱的要领他去看第二爱的，焉有不快活之理？

需要做些准备。

穿上你爸爸的羽绒服，这样可以显得更臃肿更老成些。戴上平光镜。别戴墨镜，墨镜容易诱人起疑，哪有进图书馆两眼昏黑的？不要戴口罩，现在大街上谁戴口罩？欲盖弥彰。

最重要的是揣上你爸爸的工作证。且慢，让我再看看像不像？那是丈夫年轻时的肖像，儿子与他酷似，心中便很踏实。

装扮妥当，临出门的那一瞬，突然气馁。从来没做过这种偷天换日的事，心中惶惶然。要不，等你再长大一点，唇边有了小胡须，就更像你爹了，咱们再去？我试图劝阻儿子。

妈妈，你为什么这么婆婆妈妈！纵然被人捉住了，又有什么？鲁迅早说过，窃书不算偷。况且我们并没有偷，只是看。看看有什么罪过？十四岁男孩像马驹一样蓬勃的话，鼓舞了我。不过那句话是孔乙己说的，不是鲁迅说的。我纠正他。

走！去北图！

北图门口有卫兵，那是不足虑的，他并不盘查。很顺利地通过这第一道关卡。我故意落下几步，从侧面观察儿子。他确实很像个成人了，步履匆匆地向北图高大的正门迈去。漫长的汉白玉台阶上生长着在北国冬天显出苍灰色的苔藓。

慢行。我说。为什么？妈妈？他问。你看那台阶。台阶怎么啦？那台阶证明很少有人从正门通行。那人们从哪里进去读书呢？有许多莘莘学子从我们身边掠过。

从侧门。我说。

那么正门什么时候开呢？好像是有贵宾参观的时候。

儿子便有一刻黯然。然而毕竟是孩子，他很快被北图优雅的环境所陶醉。

这是北方冬日极好的一个晴天。天穹蓝得如同海底世界，北图以同样碧蓝且更为耀眼的琉璃瓦无所顾忌地炫耀自己。在这座庞大的王国里，居住着书的君王和它的亿万子民。

洁净的院落里，树影扶疏。注意树上的标牌，上面写着这株植物的名称种属……我提醒儿子。

儿子像小鹿似的跑。妈妈，我们还是去看书！到了图书馆，看书最重要，看植物留到植物园吧！

现在，我们要通过第二道封锁线了。进楼的人需把证件打开。妈妈，他会仔细看我的工作证吗？爸爸的年龄一栏里写着四十岁，我怕……儿子倚住我。

别害怕！我在前面走，你在后面跟。注意我的动作，只潇洒地把证件扬一扬，依我的经验，门卫就会挥手放行……我勇敢地给儿子示范。

终于，我们成功地进入了北图！

我领着儿子，教给他怎样存包，怎样查找目录，怎样办理复印手续……他像只乖巧的小狐狸不远不近地跟随我……我最后指点给他厕所的位置。

现在，我们去阅览厅吧！儿子跃跃欲试地说。

现在，我们回家去吧！你已经看到了北图的巍峨，你已经知道了借阅的程序，我们的目的已经圆满达到。该走了。至于书，哪里都是一样的，犹如水，无非是河里的浅，海里的深。

不！妈妈。那不一样，海水是咸的！如果我们不看书，那还算什么到过北图！

我要承认我在粉饰怯懦。领儿子游览北图迄今顺利，一切平安应该见好就收。终究是用的假证件，出了纰漏，就毁了初衷。

面对儿子渴求的目光，我决定率他铤而走险。孩子你走进厅里，工作人员会接过你的证件，然后换给你一个号码牌，你就到座位上去读书……注意签字时，一定要写你父亲的名字而不是你的……还有单位，千万不能写成你所在的中学……最后，切记不可把书带出来，不然特殊的仪器会发出尖锐的鸣叫……我谆谆告诫。

妈妈，我去了。儿子像股火苗，一蹿好高。不成，咱们再换一个阅览厅。我牵起他转移阵地。

为什么？儿子大不解，这个阅览厅的工作人员看起来很负责，我们太危险。

真正明白了什么叫做贼心虚。挑了一个工作人员埋头读书的阅览厅，用手一指，果断地说，你进去吧！

妈妈，你不同我一起去呀？儿子惊讶地瞪圆了眼睛。你害怕了吗？我激他。好，妈妈！儿子一步迈了三级台阶，拐向阅览厅。

真实的理由是：我害怕这种场面。也许儿子尚不致露马脚，我先要在一旁面红耳赤，心跳如驼铃了！

我卡在楼梯口，既不敢上，也不敢下，探头觑着阅览厅落地的玻璃门。在儿子向工作人员掏出证件的那一瞬，我闭上了眼睛……

真害怕看到尴尬的一幕，真恐惧听到刺耳的叱声……

四周静悄悄，仿佛一片荒原。待我再睁开眼睛，我已看不到儿子了。巨大的玻璃门像一层无声瀑布，只有那位工作人员仍在痴迷读书……

儿子终于成了北图读者，我好欣喜。原想进去找他，又想还是让他独自享受在这殿堂中阅读的喜悦吧。

我在楼梯拐角处，一直等到闭馆时儿子出来。我们到小卖部买点熟食充饥。

妈妈，您说人家不会仔细瞧照片，实际上他的眼光像吸尘器，在我脸上吸了个遍，肯定认出了我。只是，他什么也没有说。

哦，谢谢你，北图爱读书的管理员！

告别北图。儿子说，今天我有三点感受最深。一是北图的书真多啊！二是北图的快餐鱼真好吃。最后一条是……他沉吟，显出少年老成。

最后一条是什么呢？轮到我好奇。

我想从北图的正门走进去。

# 我很重要

当我说出“我很重要”这句话的时候，颈项后面掠过一阵战栗。我知道这是把自己的额头裸露在弓箭之下了，心灵极容易被别人的批判洞伤。

许多年来，没有人敢在光天化日之下表示自己“很重要”。我们从小受到的教育都是——“我不重要”。

作为一名普通士兵，与辉煌的胜利相比，我不重要。

作为一个单薄的个体，与浑厚的集体相比，我不重要。

作为一位奉献型的女性，与整个家庭相比，我不重要。

作为随处可见的人的一分子，与宝贵的物质相比，我不重要。

当我在国外的一份刊物上看到“一个人的价值胜于整个世界”的口号时，曾大惑不解。

我们——简明扼要地说，就是每一个单独的“我”——到底重要还是不重要？

我是由无数星辰日月草木山川的精华汇聚而成的。只要计算一下我们一生吃进去多少谷物，饮下了多少清水，才凝聚成一具美轮美奂的躯体，我们一定会为那数字的庞大而惊讶。平日里，我们尚要珍惜一粒米、一叶菜，难道可以对亿万粒菽粟亿万滴甘露濡养出的万物之灵，掉以丝毫的轻心吗？

当我在博物馆里看到北京猿人窄小的额和前凸的吻时，我为人类原始时期的粗糙而黯然。他们精心打制出的石器，用今天的目光看来不过是极简单的玩具。如今很幼小的孩童，就能熟练地操纵语言，我们才意识到已经在进化之路上前进了多远。我们的头颅就是一部历史，无数祖先进步的痕迹储存于脑海深处。我们是一株亿万斯年苍老树干上最新萌发的绿叶，不单属于自身，更属于土地。人类的精神之火，是连绵不断的链条，作为精致的一环，我们否认了自身的重要，就是推卸了一种神圣的承诺。

回溯我们诞生的过程，两组生命基因的嵌合，更是充满了人所不能把握的偶然性。我们每一个个体，都是机遇的产物。

常常遥想，如果是另一个男人和另一个女人，就绝不会有今天的我……

即使是这一个男人和这一个女人，如果换了一个时辰相爱，也不会有此刻的我……

即使是这一个男人和这一个女人在这一个时辰，由于一片小小落叶或是清脆鸟啼的打搅，依然可能不会有如此的我……

一种令人怅然以致走入恐惧的想象，像雾霭一般不可避免地缓缓升起，模糊了我们的来路和去处，令人不得不断然打住思绪。

我们的生命，端坐于概率垒就的金字塔的顶端。面对大自然的鬼斧神工，我们还有权利和资格说我不重要吗？

对于我们的父母，我们永远是不可重复的孤本。无论他们有多少儿女，我们都是独特的一个。

假如我不存在了，他们就空留一份慈爱，在风中蛛丝般无法附丽地飘荡。

假如我生了病，他们的心就会皱缩成石块，无数次向上苍祈祷我的康复，甚至愿灾痛以十倍的烈度降临于他们自身，以换取我的平安。

我的每一滴成功，都如同经过放大镜，进入他们的瞳孔，摄入他们心底。

假如我们先他们而去，他们的白发会从日出垂到日暮，他们的泪水会使太平洋为之涨潮。

面对这无法承载的亲情，我们还敢说我不重要吗？

我们的记忆，同自己的伴侣紧密地缠绕在一处，像两种混淆于一碟的颜色，已无法分开。你原先是黄，我原先是蓝，我们共同的颜色是绿，绿得生机勃勃，绿得苍翠欲滴。失去了妻子的男人，胸口就缺少了生死攸关的肋骨，心房裸露着，随着每一阵轻风滴血。失去了丈夫的女人，就是齐斩斩折断的琴弦，每一根都在雨夜长久地自鸣……

面对相濡以沫的同道，我们忍心说我不重要吗？

俯对我们的孩童，我们是至高至尊的惟一。我们是他们最初的宇宙，我们是深不可测的海洋。假如我们隐去，孩子就永失淳厚无双的血缘之爱，天倾东南，地陷西北，万劫不复。盘子破裂可以粘起，童年碎了，永不复原。伤口流血了，没有母亲的手为他包扎。面临抉择，没有父亲的智慧为他谋略……面对后代，我们有胆量说我不重要吗？

与朋友相处，多年的相知，使我们仅凭一个微蹙的眉尖、一次睫毛的抖动，就可以明了对方的心情。假如我不在了，就像计算机丢失了一份不曾复制的文件，记忆库里留下不可填补的黑洞。夜深人静时，手指在揿了几个电话键码后，骤然停住，那一串数字再也用不着默诵了。逢年过节时，写下一沓沓的贺卡。轮到我的地址时，只有闭上眼睛……许久之后，将一张没有地址只有姓名的贺卡填好，在无人的风口将它焚化。

相交多年的密友，就如同沙漠中的古陶。摔碎一件就少一件，再也找不到一模一样的成品。面对这般友情，我们还好意思说我不重要吗？

我很重要。

我对于我的工作我的事业，是不可或缺的主宰。我的独出心裁的创意，像鸽群一般在天空翱翔，只有我才捉得住它们的羽毛。我的设想像珍珠一般散落在海滩上，等待着我把它用金线拴起。我的意志向前延伸，直到地平线消失的地方……

没有人能替代我，就像我不能替代别人。

我很重要。

我对自己小声说。我还不习惯嘹亮地宣布这一主张，我们在不重要中生活得太久了。

我很重要。

我重复了一遍，声音放大了一点。我听到自己的心脏在这种呼唤中猛烈地跳动。

我很重要。

我终于大声地对世界这样宣布。片刻之后，我听到山岳和江海传来回声。

是的，我很重要。我们每一个人都应该有勇气这样说。我们的地位可能很卑微，我们的身份可能很渺小，但这丝毫不意味着我们不重要。

重要并不是伟大的同义词,它是心灵对生命的允诺。

对于一株新生的树苗,每一片叶子都很重要。对于一名孕育中的胚胎,每一段染色体碎片都很重要。甚至驰骋寰宇的航天飞机,也可以因为一个油封橡皮圈的疏漏而凌空爆炸,你能说它不重要吗?

人们常常从成就事业的角度,断定我们是否重要。但我要说,只要我们在时刻努力着,为光明在奋斗着,我们就是无比重要地生活着。

让我们昂起头,对着我们这颗美丽的星球上无数的生灵,响亮地宣布——

我很重要。

# 握紧你的右手

常常见女孩郑重地平伸着自己的双手，仿佛托举着一条透明的哈达。看手相的人便说：男左女右。女孩把左手背在身后，把右手手掌对准湛蓝的天。

常常想世上可真有命运这种东西？它是物质还是精神？难道说我们的一生都早早地被一种符咒规定，谁都无力更改？我们的手难道真是激光唱盘，所有的祸福都像音符微缩其中？

当我沮丧的时候，当我彷徨的时候，当我孤独寂寞悲凉的时候，我曾格外地相信命运，相信命运的不公平。

当我快乐的时候，当我幸福的时候，当我成功优越欣喜的时候，我格外地相信自己，相信只有耕耘才有收成。

渐渐地，我终于发现命运是我怯懦时的盾牌，当我叫嚷命运不公最响的时候，正是我预备逃遁的前奏。命运像一只筐，我把自己对自己的姑息、原谅以及所有的延宕都一股脑地塞进去，然后蒙一块宿命的轻纱。我背着它慢慢地向前走，心中有一份心安理得的坦然。

有时候也诧异自己的手。手心叶脉般的纹路还是那样琐细，但这只手做过的事情，却已有了几番变迁。

在喜马拉雅山、冈底斯山、喀喇昆仑山三山交汇的高原上，我当过卫生员，在机器轰鸣铜水飞溅的重工业厂区里我做过主治医师。今天，当我用我的笔杆写我对这个世界的想法时，我觉得是用我的手把我的心制成薄薄的切片，置于真和善的天平之上……

高原呼啸的风雪，卷走了我一生中最好的年华，并以浓重的阴影，倾泻于行程中的每一处驿站。

岁月送给我苦难，也随赠我清醒与冷静。我如今对命运的看法，恰恰与少年时相反。

当我快乐当我幸福当我成功当我优越当我欣喜的时候，当一切美好辉煌的时刻，我要提醒我自己——这是命运的光环笼罩了我。在这个环里，居住着机遇，居住着偶然性，居住着所有帮助过我的人。

而当我挫折和悲哀的时候，我便镇静地走出那个怨天尤人的我，像孙悟空的分身术一样，跳起来，站在云头上，注视着那个不幸的人，于是我清楚地看到了她的软弱，她的怯懦，她的虚荣以及她的愚昧……

年近不惑，我对命运已心平气和。

小时候是个女孩，大起来成为女人，总觉得做个女人要比男人难，大约以后成了老婆婆，也要比老爷爷累。

生活中就像没有无缘无故的爱一样，也没有无缘无故的幸运。对于女人，无端的幸运往往更像一场阴谋一个陷阱的开始。我不相信命运，我只相信我的手。

因为它不属于冥冥之中任何未知的力量，而只属于我的心。我可以支配它，去干我想干的任何一件事情。我不相信手掌的纹路，但我相信手掌加上手指的力量。

蓝天下的女孩，在你纤细的右手里，有一粒金苹果的种子。所有的人都看不见它，惟有你清楚地知道它将你的手心炙得发痛。

那是你的梦想，你的期望！

女孩，握紧你的右手，千万别让它飞走！相信自己的手，相信它会在你的手里，长成一棵会唱歌的金苹果树。

# 抵制“但是”

但是——是我们常常用到的一个词。我们原来有一个领导，就因为太爱使唤这个词了，外号就叫“老但”。

“但是”的意思，主要是作连词，好像那把皮坎肩的碎皮子缀在一处的彩色丝线。多用在一句话的后半截，表示转折语气。

比方说：你这次的考试成绩不错，但是——不能骄傲自满。

比方说：这地方的风景挺优美的，但是——离城里太远了点。

比方说：这女孩身材相当好，但是皮肤太黑了些。

等等。

我不知道“但是”这个词，刚发明的时候，是不是对于它的前半部和后半部的分量，一视同仁？也就是说，它只是一个公平的纽带，并不偏着谁向着谁。可惜在长期的运用过程中，“但是”这个词，成了类似音乐简谱中“符点”的标记，把后面半拍的节奏，挪到前面去了。当人们看到这个词的时候，无论在“但是”的前面，堆积了多少美好的说明，都像碰上盐酸的污垢，冒了些泡沫，就没了踪影。人们记住的总是“但是”后面的转折，如同好不容易爬上高坡，还没来得及喘口匀气，“但是”这个陡峭的下坡，不由分说把你掳住，一下就滑到了谷底。

于是,“但是”就几乎成了贬义的先兆。只要一出现,气氛就大变。它成了把人心捆成炸药包的细麻绳,成了马上有冷水泼面的前奏曲。“但是”让你打了个激灵,立马把“但是”前面的温暖忘了,只有抖擞起精神,准备迎击扑面而来的顿挫。

“但是”便在这种频频警戒的气氛中,削减了平凡的连接之意,增添了沮丧的灰色意味。

其实,所有的光明都有暗影,“但是”的本意不过是强调事情还有另一方面。可惜日积月累的负面暗示,使得“但是”这个预报一出现,就抹去了喜色,忽略了成绩,轻慢了进步,贬斥了攀升。

一位心理学专家讲学时说,她主张大家从此不用“但是”,而改用“同时”。

比如我们形容天气的时候,早先是这样说:今天的太阳很好,但是风很大。

今后可以改成:今天的太阳很好,同时风很大。

当你最初看这两句话的时候,好像没有多大的分别。你不要急,轻声地多念几遍,那分量和语气的差异,就体味出来了。

但是风很大——会把人的情绪向糟糕那一面倾斜,注意力凝固在不利的因素上。觉着太阳好是件不值得太高兴的事情,风大才是关键。借助了“但是”的威力,风就把阳光打败。

同时风很大——它更中性和客观,好似一个导游小姐,在指点我们注意了某一种情形之后,又把她手中的金属棒,向另一个方向示去。前言余音袅袅,后语也言之凿凿。不偏不倚,公允而平整。它使我们的心神安定,目光精准,两侧都观察得到,头脑中自有定夺。

一词之差，它的背后，是怎样看待世界和自身。

我们绝不文过饰非，也不夸大其词。好比是花和虫子，一并存在。我们的眼光降落在哪里？降落在花丛中？降落在虫背上？

“但是”，是一副偏光镜，把我们的目光聚焦在虫子。花园里花朵很美丽，“但是”把虫子的影子放大。

“同时”，是一个透明的水晶球，把我们均衡地分散在两方面。花园里花朵很美丽，“同时”，它也提示尚有虫子。

“但是”和“同时”，谁更持重和完整，更有利于我们对客观事物的评价和对主观判断的把持，想必会有公论。

如此讨论，仿佛和一个简单的连词过不去，有悖恕道。不过，这不单是如何连接上下两句话的问题，在词的背后隐伏着思维方式。

当我尝试着用“同时”代替“但是”以后，一天两天，似也看不出多大的变化。可时间长了，我发现自己比较地多了勇气，因为我的精神得到了补给和呵护。我发现自己比较地对人友善，因为我更明确地发现了他人的长处和优异。我发现自己较为敏捷地从跌倒的地上爬起，因为我看到了沟坎也看到了辙印。我发现自己多了宽容和慈悲，因为我每当意识到不足的时刻，都同时给自己鼓励。

# 千头万绪是多少？

千头万绪这个词，有一种沸沸扬扬的夸张和缠人喉咙的窒息感，让人心境沮丧，捉襟见肘，好像一个泥潭，不留神陷进去，会被它掩了口鼻，呛得翻白，甚或丢了性命，也说不得。

现代人很常用——或者简直就是爱好用这个词，来描绘自己的生存状况。常常听到人们说自己的处境——千头万绪，要干的工作——千头万绪，待处理的事物——千头万绪，需承担的责任——千头万绪……千头万绪几乎成了一条癞皮狗，死打烂缠地咬住每位现代人的脚后跟，斥之不去。

千头万绪是一个主观的判断，一个夸张的形容。难道对一个普通人来说，世上就真有一万件事，非得你御驾亲征不可？

当我们认定自己进入了千头万绪这一局面的时候，心先就慌了。披头散发，眉毛胡子一把抓，天空也随之阴霾。因为紧迫，就慌不择路。结果是线头越搅越多，原本可以解开的结，也成了死扣。

千头万绪有一种邪恶的威慑力，恐惧和慌乱是它的左膀右臂。一旦被这几个魔头统治了心神，我们在灾难的海市蜃楼面前，往往顿失镇定和勇气。

我认识一位女友，当她说到自己近况时，脸色晦暗，手指颤抖，嘴唇也无目的地扭曲了，显出干涸辙印中小鱼的表情。

她的确是遇到了足够的麻烦。丈夫外遇十年，儿子正逢高考，模拟考试成绩很不理想。她接手奋战了一年的科研项目，已到了关键时刻，她的高血压又犯了，整天头晕。昨天上街由于精神恍惚，被小偷割裂了书包，偷走了上千元钱。她的邻居在装修房屋，每天电钻声吵得人耳鼓爆炸……

有的时候，真想一死了之！千头万绪啊，我看不到一点光明！她这样说着，狠狠捶击着自己的太阳穴。

我说，我能体会到你心中的痛楚和无奈。你想改变这一切，但感到自己绝望和孤独。我们先找到一张白纸，把你最感痛苦烦恼的事件写下来，然后我们看看，有什么办法可以逐个解决它们？

洁白的纸，铺在桌面，如同一片无瑕的雪地。左是起因，右写对策。女友提笔写下：

1. 夜里睡不好觉。因为电钻太吵。

我很惊讶地问她，那装修的人家，居然敢冒天下之大不韪，在夜里开动电钻？

女友愣了一下，然后说，那倒不是。楼下孀居多年的邻居要结婚了，房屋不整也实在当不了新房。那家事先已出了安民告示，并于晚八点以后，不再使用电钻。

我说，那么，你睡不好觉，就另有原因，并不能归于电钻了？

她对着白纸，看了半天，仿佛不认识自己写下的那一行字。然后把“电钻”云云删去了，在对策一栏里，写下——吃两片安眠药。

继续整理你的烦恼。我说。

2. 丈夫外遇十年。

真是一个折磨人的大难题。我定定神问，你最近才知道吗？

她嘶哑地答，早知道了。

我说，你打算最近采取行动，彻底解决这个问题吗？

她思忖着说，时机还不成熟。无论是离婚还是敦促他痛改前非，都需要时间。

我说，那它是可以从长计议的，也就是目前采取的对策是等待。

女友点点头。

3. 昨天丢了一千块钱。

我说，真倒霉啊，对你雪上加霜。你报案了吗？

她说，报了。但是没寄什么希望。

我说，那就是说，你基本上觉得这笔损失是不可挽回的啦？

她很快地回答，是啊。

我说，不一定呵。也许你不停地愁苦下去，把自己的太阳穴敲出一个透明窟窿，小偷会良心发现，把那笔钱送回来。

她扑哧一声笑了，说，瞧你说的。那小偷根本就不知道我是谁，哪怕我今天自杀了，他也不会发慈悲的。

我正色道，说得好。这笔损失，并不因你的痛楚，而有复原的可能。

女友想了想，就把这一条划掉了，重写了一个“3. 孩子考不上大学”。

我陪着她深深地叹了一口气，然后问她，你是直到今天才意识到孩子上大学无望吗？

她摇摇头，说，他学习成绩一直不好，这结果其实已在意料之中。以前总幻想能出现一个奇迹，现在彻底破灭了。

我说，不符合实际的幻想破灭，你说是件好事还是坏事？

她明白了我的用意，但还是很沉重地说，面对残酷的现实，总是让人难以接受。

我说，是啊。但事实是否因你的不接受，而有改变的可能呢？

女友说，我还是很希望孩子能有接受高等教育的机会啊。

我说，此次没有考上大学，并不意味着孩子永远失去了接受高等教育的机会。

她突然抓住我的手说，你的意思是还有机会？

我说，你觉着呢？我记得你就是通过自学直接考取的研究生啊。

她沉默了很长的时间，然后一字一顿地说，是啊。孩子已经十八岁了，教会他如何应付困境，也许更重要。于是她写下对策——重新来。继续下去。

4. 高血压。

我说，你的血压是否已经像珠穆朗玛一样，成了世界上的第一高峰了呢？

她有些气恼了，说，我真的很痛苦，你却在这里穷开心。

我把脸上的笑容收起，说，对于病，也要有一个战略藐视战术重视的应对。我相信你的高血压并非到了药石罔效的地步，只要按时吃药，是可以控制的。你服药很可能不守医嘱。

她有些不好意思，反问，你怎么知道的？

我说，别忘了，我还是有二十多年医龄的老大夫。你瞒不过我的火眼金睛。

女友老老实实地交代说，一忙起来，就忘了。她规规矩矩地写上对策——遵医嘱。

女友的脸色渐渐平稳，但她还是愁肠百结地写下了最后一条。

5．科研任务紧迫。

我说，关于此项艰巨的任务，你承担了一年。现在到了最后攻关阶段，你是否已对自己丧失信心？

她很坚定地回答，没有。只是我的心情不好，你知道，对于一个搞研究的人来说，心情就是生产力啊。

我一拍她的手掌说，你讲得好！但心情是纯属你精神领域的感觉，你为什么不使自己的心情明亮起来呢？

她说，讲得轻松！不挑担子肩不疼。我这里千头万绪，哪里就亮得起来！

我含笑说，看看你的千头万绪，还剩下了多少？

那张洁白的纸上，写着：

失眠——安眠药

丈夫外遇——从长计议

（丢钱——自认倒霉）

儿子未考上大学——重新来

高血压——遵医嘱

科研攻关——好心情

她看了一遍又一遍，好像不相信自己的千头万绪，已细化成如此简明扼要的条款。看来，她只要今晚吃上两片安眠药，明早醒来，阳光就依旧灿烂？她有些半信半疑。

我说，当所有的头绪都搅在一起的时候，的确很可怕。它们使我们的心情变得极为恶劣，智力陡然下降，判断连续失误，于是事情就进入了一个更糟糕的怪圈。把它们理清——列出对策，就可以逐一攻克了。好心情并不来源于一帆风顺，而是生长于从容和坚定的勇气中啊。

女友说，哈！我知道啦！我们每个人都有长出好心情的土地，就看你是否耕耘。

# 斯特朗的地毯鞋

这是一家老年人活动站。在新奥尔良。新奥尔良是个美丽的地方,古老的橡树像虬蚺的幽灵。活动站在郊外,周围是贫民区。这是黑人聚居的地方,以前黑人是不能进城的。一栋简陋的楼房,早先是黑人的旅馆。石头砌成的墙,有一种沉稳的结实。进得门来,看到的都是白发苍苍的头颅,不论头发下的面孔是何种颜色,头发统是白而暗的。人的头发真是很奇怪,不管它们年轻的时候是黑的、棕的、黄的……到了尾声,一律都变垩白。我问安妮,白色的头发老了,会是怎样?安妮说,它们依旧是白色,但无光泽。

看来,亮度比颜色,更说明一个生命的状况。

很多老人在这里活动,有的打牌,有的下棋,还有三三两两的谈天健身。一些人聚在一起,听一位年轻的女孩讲解台风的知识。听众多是一些老女人,耳力不佳,年轻的女孩不得不扯着嗓子反复地重复。这么大分贝的音量,要在其他的场合,一定会引起他人的侧目,但在这里,大家见怪不怪。

老女人们对台风的兴趣,让我感动。我不知自己到了这个年纪,还会不会对在远方出没的台风,抱有如此新鲜的兴趣。我原来以为,只有上班和旅游出差的人,才会对天气的变化充满了关切，那背后是不要迟到不要受凉不要忘了带雨伞……的忧虑。

在这些垂垂老矣的妇人面前，我觉察到了自己对天气的功利。她们不会上班，不会出差。说一句不好听的话，其中的绝大部分人，今生今世再也没有力气走出新奥尔良的橡树阴了。可她们依旧睁大浑浊的眼睛，努力分辨台风经过的途径，痴心地关注着和自己毫不相干的天气，这也许就是人和自然相濡以沫的渊源。

有一棵树。一棵假树。工艺树，做得很逼真，赭的树干，绿的枝条。大约有一人高，摆在活动站很显眼的地方。树上挂着很多树叶，当然也都是人造的。每片树叶上写着一些字，或者是一幅小画。比如一片蜡烛形的叶子上写着：记住我有一只大鼻子的快乐的镶满皱纹的脸……然后是抖动的签名。

我问活动站的站长古薇尔女士，这是什么？

她说，这是曾经在这里活动，现在已经去世的老人，从天堂写给大家的信。

我的头皮轰的一声。死人是不能写信的。这是常识。古薇尔女士已经七十五周岁了，胸膛饱满得如同揣着两个大菠萝蜜。她步履弹性很好地走来走去，使人无法怀疑她的说法。

新奥尔良一共有二十所这样的老年活动站，每年需经费五百万美元。经费的来源主要是四方面：联邦政府、州政府、地方政府一共可拨款四百万美元。还有一百多万美元的“洞”，就要靠自筹和社会捐款来解决。今天来活动的老人共有七十多位，但有一千多位老人要求将免费的午餐送到家，所以，活动站的工作量很大。

我一边听着她的介绍，一边锲而不舍地惦念着那棵有着奇异叶子的树。

古薇尔女士终于讲到了这棵树。噢，是老人们共同栽下了这棵树。每一位老人都知道自己死后，在这棵树上会有一个位置，悬挂自己的树叶。他们会在生前就写下这片叶子，然后保存在自己的亲人那里。如果他们没有亲人了，那就保存在活动站里。当他们去世之后，他的家人就会把他的叶子送来，挂在这里。永远的。大家常常来看望这些叶子，念着上面的话，有很温暖的蒸气，从这些叶子上蒸发出来，进入我们的眼睛……

古薇尔女士这样说着，我就看到她的眼光湿润起来。哦，我错了。古薇尔女士久经生死，在说这些话的时候，神采飞扬，很为自己发明了这棵沟通生死的树而骄傲。不是水汽进入了她的眼睛，是水汽进入了我的眼睛。

与楼下的喧闹相比，楼上是静谧和安详的。有几位老人在绣花和织毛线，古老的女红的气息从风烛残年的鼻孔呼出，让人走路和说话都变得叹息般轻轻。

旁边有一个小小的橱柜，陈列着老人们做的工艺品。一套极其美丽的婴儿装，雪白的翻卷的绒毛，精美的图案让人爱不释手。我很想买下，但偷偷觑见标价，要五十美金，囊中羞涩，不敢问津。但我决定斟酌力量，一定买下一件老人们的产品，不单是留作纪念，也为了尽一点绵力。包括让制造者有一份成就感。因为古薇尔女士说，老人们的产品收入绝大部分都捐给活动站，自己只取很少一点。

一双黄色和蓝色毛线织成的地毯鞋，大而柔软，蓬松得如同两只小哈巴狗。虽然我家并没有地毯，我还是把它们买下来。然后我对古薇尔女士说，我能和“鞋匠”照一张相吗？

古薇尔就拉着我向一位老人走去。

她身材瘦小，坐在轮椅中。在身体和轮椅的空隙中，夹着两团大大的毛线球。她的手指干枯如藤，但依然很有力地操纵着两根毛衣针，上下翻动。在她的身边，摆着刚完成的一只地毯鞋，红黄相间，鲜艳如枫。

她叫斯特朗，今年八十六岁了。她患糖尿病很多年了，两只腿都截过了，眼睛已近乎失明……古薇尔介绍说。

我这才注意到斯特朗老奶奶轮椅下的“腿”。白色的套鞋中，是冰冷的金属。

斯特朗老奶奶笑着说，很高兴从中国来的客人喜欢她的地毯鞋。她说，那套美丽的婴儿装也是她织的，只是现今年龄大了，有些力不从心，就专门织地毯鞋了。

我抚摸着这位没有脚的老人织出的精美的地毯鞋，心中充满痛彻的谢意。她把自己对脚的期待，织进鞋里了。

# 面具后面的脸

参观新墨西哥州乔治·奥尔卡博物馆附设的女子艺术辅导学校。乔治·奥卡夫是美国最杰出的女画家之一，她的那幅“头骨和白玫瑰”，表达着经典的凄美和让人战栗的死亡体验。在她去世后，遵照她的遗嘱，开办了女子艺术辅导学校。

指导教师杰茜娅白发黑衣，举止卓尔不群，目光熠熠生辉。一说话，开门见山。她说，我们开设的艺术指导课程，不仅仅是指导艺术，更是指导人的全面发展。比如，根据哈佛大学的研究，经过艺术训练的女生，她们的领导才能就有所加强。

我很感兴趣，问，这是为什么？艺术和领导，通常好像是不搭界的。

杰茜娅说，艺术让人的大脑全面发展，增强人的自信心。特别是女孩子，他们的艺术才能往往是比较突出的。如果受到重视，得到相应的训练，他们就会发现自己是有价值的。如果她的艺术作品出色，就会不断地获奖。这样，他们就有了成功的经验。对一个孩子来说，什么最重要呢？就是有成功的经验，感觉到自己的价值。在正常的学校里，让孩子能有成功经验的机会并不是很多的。学习文法和数理化，是很枯燥的过程。很多孩子不适应。只有少数的孩子能在常规的学习中感受到乐趣和成就感，大多数的孩子会觉得自己不够聪明。可以这样说，常规的学习，给予孩子们失败的经验比较多。但是，学习艺术就不是这样了。首先我们相信一个大前提，那就是——每一个孩子，都必定有所长。它们冬眠着潜伏着，等待人们的挖掘。不存在“有没有”的问题，是“一定有”，只是需要发现。再者，艺术是没有统一的标准的，允许广阔的想象，关于成功的概念，也是更为开放和宽松的。而且，孩子和成人，谁离艺术的真谛更近一些呢？是孩子。他们对世界，有直觉的把握，在创作的同时，也更清晰地感觉到了真实的世界。他们在艺术中学习，这种成功的经验，会蔓延开来，延展到他生活的各个领域。

这一番话，颇有醍醐灌顶之感。当我们的某些父母只是把艺术作为一种训练一种特长，甚至当成一块高考就业的敲门砖的时候，杰西娅他们，已经巧妙地把它变成了赋予孩子最初成功体验的阶梯。

是啊，有什么比一个人，特别是一个孩子的体验和记忆更重要更珍贵的东西呢？回想我们的一生，所以会有种种的命运，虽不敢说全部，但其中偌大的一部分，是源自我们童年经验的烙印。精神分析派的师长甚至不无悲观地说，每个人一生将要上演的脚本，都已在我们六岁前的经历中秘密写定。如此说来，谁能改变一个孩子的童年体验，谁就能改变他眼中的世界和他人生的蓝图。

人的记忆是非常奇怪的东西。我们希望它记住的东西，它虚与委蛇，给你一个过眼烟云。我们希望它遗忘的东西，它执拗着，死心塌地地铭记。记忆的钢钉，就这样不由分说地楔入到灵魂最软弱偏僻的地方，却从那里发布一道道指令，陪伴你到永远，背负无法选择的记忆，挺进在人生的曲径上。记忆是有魔法的，它轻而易举地决定着我们的好恶，指导着我们的行动，规定着我们的决策，甚至操纵着我们的生涯……

中国有句俗话，叫做“三岁看老”，看来和弗洛伊德老先生的学说，有异曲同工之妙。这话有前瞻之明，但也有掩饰不住的悲观和宿命。三岁之前，孩子在无知无识中酿出了怎样咸苦的卤水，让他的一生在此凝固？或者反过来说，面对着一个孩子，成人世界有什么力量，可以润物细无声地沁入思维的草地，从此染绿他一生的春秋？

杰茜娅女士的话，正是在这个微妙的层面，给我启迪和震撼。如果说教育是一种外在的渗透，那么，让孩子们深入到艺术的创造之中去，就生出了发自内在的事半功倍的奇效。让蛰伏内心的翅膀舒展开来，让成功的霞光照亮漆黑的眸子，让最初的成功烙在心扉的玄关……童年的珍藏，就会在漫长的岁月发酵，香飘一路。

面对着这样的理论和尝试，我肃然起敬。

我说，你这里走出多少艺术家？

杰茜娅说，我从来没有统计过。

我说，哦，他们还小。艺术的成功要很多年后才见分晓。我知道现在谈这些，一切都为时过早。

杰茜娅说，不仅因为统计操作上的困难。开办这个学校，并不是为了从小培养出几个艺术的天才，是为了更多的孩子在生活中多一些阳光和快乐，发展健全的人格。我把孩子们的艺术品都保存了起来。其实，对于他们来说，这些并不是艺术，是另外一种心灵的表达。他们并不是为了成为艺术家才进行创造的，他们把艺术当成了心灵的一部分。但是，这不正是艺术最原始最根本的标志吗！

我说，能否让我看看孩子们的艺术创造？

杰茜娅说，好吧。请跟我来。在仓库里。

那一天，是休息日。宽敞的校舍里没有一个人。我走在寂静的走廊，忽然生出心灵探险的感觉。想象不出我将看到的是怎样的作品，但我确知那是一扇扇年轻的珠贝分泌出的珍珠，不论它们圆还是不圆。

杰茜娅捧出一摞石膏面具。我说，这是什么？

杰茜娅说，这是我们做过的一次练习。题目是“面具后面的脸”。

我说，这个题目很有意思啊。

杰茜娅说，是这样的。孩子们渐渐长大的过程，也就是他们对成人世界渐渐认识的过程。他们脱去了最初的纯真，学会戴上了面具。没有面具是不可能和不现实的。但是，人不能总在面具后面生活，特别是人对自己的面具要有清醒的认识，要知道哪些是面具，哪些是真实的自我。明白自己的面具是怎么来的，如果有可能，要将面具减少到最少。要使真我和面具尽可能地统一起来。总之，就是对面具有一个明白的认识和把握，不能让面具主宰一切。

很深刻，也很玄妙。我说，能让我看一个具体的孩子的创作吗？

杰茜娅说，好啊。说完，她就从一摞面具中挑选出了一个，递给我。

这是一个美丽的面具。石膏模型的正面，是如花的笑脸。

挑起的眉梢，长而上翘的睫毛，桃色的腮和银粉的唇。各种色彩涂得很到位很和谐，甚至可以说是性感的。

我说，很美。

杰茜娅说，是啊。这个女生的名字我不告知你，就叫她安娜吧。安娜在人前就是这个样子。可是，你看看面具的后面。

我把面具翻了过来。在面具的凹陷中，填满了石子和羽毛。石子是尖锐和粗糙的，棱角分明。羽毛肮脏残破，绝非常见的蓬松温暖，支支像劣质的鹅毛笔，横七竖八地乱戳着。特别是在面具背后的眼眶下面，画着一串串黑色的水滴，每一滴都拖着细长的尾巴，仿佛蝌蚪正从一个黑色的湖泊源源不断地游出来……

这个没有一个字一句话的面具，如同医院做冷冻治疗的雾气，把一种彻骨的寒冷传递到我的指掌。

是的。这就是安娜内心，她的另一张面孔，更真实的面孔。她的母亲患癌症去世了。安娜目睹了她从患病到死亡的极端痛苦的过程，这使她深受刺激。她的父亲酗酒，夜夜醉得不省人事。她只有寄居在亲戚那里。她每天都在微笑，是一个人见人爱的孩子，她生怕别人不喜欢她。如果没有这种艺术的创造和表达，没有人知道她的痛苦。她被压抑的内心在这种创造中得到了舒缓，也使她认识到自己的分裂和冲突。她开始调整自己，认识到母亲的去世并不是自己的过错，她并不负有让别人都喜欢她的使命。她可以在人前流泪，也可以直率地表达自己，她有这个权利。

听到杰茜娅女士说到这里，我才深深地吁出了一口气。是的，你能说这是简单的艺术吗？不能。你能说这不是艺术吗？不能。孩子和艺术就这样天衣无缝地黏合在一起，艺术成了生活的一部分。这样的艺术直击心扉。

我说，还有吗？我非常喜欢你和孩子们的创意。

杰茜娅说，这里还有女孩子们画的画。是命题的画，题目就叫《八十岁的奶奶》。乔治·奥卡夫说过：颜色和语言的意义是不一样的。颜色和形状比文字更能下定义。

我说，是请一位老奶奶做模特，让孩子们画她吗？

杰茜娅说，没有老奶奶做模特。或者说，模特就是她们自己。

我说，此话怎讲？

杰茜娅说，我要求每个孩子对着镜子，想象自己八十岁时候的模样。要画得像，让别人一看就知道那是你。要画出沧桑和年纪的痕迹，还要画出你的职业和家庭对你的影响。因为这些随着年龄的增长，都会在人的相貌上体现出来。当然了，在画画之前，你要为自己写出一个小传。八十岁的人，不是凭空变成的，是经历了很多过程的人。你要心中有数，她到底走过了怎样的人生，你才能画好她。

我说，真是有趣得很。你要达到的目的是什么呢？

杰茜娅说，除了画画的基本技巧以外，我想让女孩子们知道年纪和衰老，是正常的，不是可怕的。只要他们活着，就一定会变老。他们将在自己光滑的额头上，画出密密的皱纹，那是岁月赠送的不可拒绝的礼物。特别是他们将要思考自己的一生将怎样度过。做什么职业，成为什么样的人。包括，希望成立怎样的家庭。

我说，我明白了。孩子们是在这幅画里，画出自己的理想和人生。我可以看看他们的画吗？杰茜娅拿出了厚厚的画稿。

飞快地翻动。于是，我看到一位位老媪，额头和嘴角，都有明确到显出夸张的皱纹。头发稀疏皮肤松弛，白发苍苍面带微笑……在这群苍老的女人画像下面，是他们各自的小传。有女滑冰运动员、女服装设计师、女汽车制造商、女医生、女律师……有一幅最有趣，一位老奶奶的膝下，绕着无数的孩子，我说，这位老奶奶是开幼儿园的吗？

杰茜娅说，不是。这位女生的理想就是要生这么多的孩子。

那一瞬，我好感动。试着想想这些画的创作过程吧。一些嫩绿的叶子，对着镜子，观察着自己的脸庞。然后迅速地画下脸部的轮廓，然后就是长久的沉默。他们一笔笔地在这张青春勃发的面庞上，刀刻般地画出嶙峋的皱纹，每一笔，都是挑战和承诺。在生命的这一头，眺望生命的那一头，万千感受，聚集一心。从郁郁葱葱到黄叶遍地。

"我看见被乌云藏起的月亮，我听见在水下游泳的风，我哭泣，因为我是古堡里的蚯蚓……"杰茜娅朗诵了一首女孩子创作的诗。

艺术不仅是技术，更是灵魂的栖息之地。配以一个有力优雅的手势，杰茜娅结束了她的谈话。

# 呵护心灵

白衣

医生提笔

刀下留情

呵护心灵

# 白衣

白衣天使的名称得益于医务工作服的色泽。以某一行业的包装颜色来命名该行当，在我记忆中，除了邮局叫“绿衣人”（现在这样叫的人已很少了），似乎仅此一家。近来又兴起管交易所的经纪人叫“红马甲”，但那只是个中性称谓，绝无天使的褒义。

其实穿白衣的并不只是医界，比如幼儿园，比如理发师，甚至卖猪肉的售货员。但提起白色的氛围，人们想起的只能是医院。

医生护士天天穿着雪白的工作服，飘飘若惊鸿。不光别人看着神圣，自己也颇潇洒。古语说，男要俏，一身皂，女要俏，一身孝，讲的就是这个意思。其实无论男女，穿上白的都给人一种肃穆静谧之美。白色美而不妖，露出隐隐的寒意，从象征的意味上安抚了人类焦躁的心灵。

但穿白衣是很麻烦的，它极不禁脏。世上再没有比白色更娇嫩的颜色了。任何一种其他颜色的侵入，都会使它失了纯正。不像在蓝里兑了黄，能够生出很鲜亮的绿来。

白的这种对其他色泽强烈的排他性，使得医务人不敢心有二骛。医学是那样的博大精深，似乎遵循着一个“全或无”定律。这是一个形容肌肉收缩状态的法则，意思是或者完美，或者一无所有。白色要么很纯粹，晶莹如雪。要么很肮脏，开除出白色的队伍，成为晦暗的灰色。医生要么是治病救人的圣手，要么是草菅人命的滥竽，中间状态的不多。因为面对只有一次的生命，敷衍就是迫害。

所以做医生的，就该终生穿着雪白的工作服，永远一尘不染。

每逢钻进白衣，就进入了一个特定的角色。你需忘我，你需认真，你需冷静如秋水，你需严谨如丝丝入扣的卡尺。

每逢套上白衣，就像武士披上甲胄。等待你的是一个奇诡的战场，任何侥幸和莽撞都需他人付出血的代价。医生可凭借的武器只有自身的机敏勇敢和猎犬一般的感觉。

每逢走入白衣后面，都有蒙上假面的体验。个人的烦恼忧愁，都留在白衣的外面了。在没有卸掉这白色的伪装之前，你自身的悲哀与怯懦，不可有丝毫的流露。你呈现在病人眼前的，该是希望明媚的笑靥。

白衣在身，犹如一套精致的枷锁。一时不除，便被神圣到沉重的责任钳制着，无法真正肆意地欢笑，无法忘情地戏昵与调侃。

卸掉白衣的时候，好轻松放浪。犹如古代传说中的仙女，摘下周身繁琐的羽毛，终可以自由自在地跳入水里游泳。

然而你既然选择了救死扶伤的红十字，就注定要在每一个霞光四射的早上，乖乖地走入白衣。

早年间的白衣都是布做的，很厚重。冬天可挡些许风寒，夏天可就遭罪了。大多数的医生忍着酷热，维持着自身形象的尊严，像誓不解开风纪扣的士兵。也有少数耐不住热，上穿一件背心，下着一条短裤，外面笼罩着宽大的白衣。不知怎么，我对这样医生的医术，总是信不过。

以后白衣的料子变成的确良的，变成涤卡的……越来越平整熨帖了，只是仍不好洗。白衣最爱脏的是袖口，每天都要在桌上摩擦无数个来回，袖下便粘了许多褐灰的土斑。一抬胳膊，好像打了两块补丁。

二十多年前我在藏北高原当卫生兵，白衣三天洗一次还显脏。那儿烧的是焦炭，按说不是很脏。主要是引炭的柴禾灰暗如铁渣，油汪汪的。高原缺氧，火极易灭，几乎每天要生一次火炉，柴灰就像天女散的花，牢牢镀在白衣上。女孩要强，洗白衣就成了必修课。屋里总有火，热水不成问题，为难的是没有大盆。小小的洗脸盆泡进一大卷工作服，恰如饭碗里盛进鼓尖的龙须面，搅也搅不开。打上肥皂勉力揉搓遍了，漂洗时就更费周折。要是涮不净泡沫，白衣上就会留下浅黄的疤痕。我们就端了脸盆，跑到远远的狮泉河去涴白衣。那是一条浩瀚的大江，为著名的印度河的上游。河水澎湃如鬃毛倒竖的银狮，一路咆哮而来，我们揪着白衣的一个袖子，把白衣横着丢进狮泉河。白衣先是打了一个漩儿，然后翻个身，非常惬意地伸展胳膊，被河水灌成鼓囊囊的胖大人形，好像快乐的雪人，从胸膛里发出嘣嘣的笑声。我们一边叫着，一边手里不敢丝毫松劲。河水的冲力极大，稍有疏忽，白衣就会脱手而出，顺流而下，到印度那边看风景去了。

狮泉河水都是冈底斯山万古不化的寒冰所融，就是在盛夏，也冷得砭骨。当我们的手指冻得快失去知觉之际，就是白衣涴净该回军营之时。

男医生们不爱洗衣。但自己的衣服可以脏着，工作的衣服是必须洗的。不知哪个偷懒的男儿发明了一个办法，把洗衣粉、肥皂头辅以火碱，兑了水炖在火上熬，直至它们搅和成奶油一般浑浊的液体。此时把白衣浸进去煮，浊浪翻滚白气腾腾，好像一道佳肴。

这样熬炼出的白衣，白倒是挺白的，只是不透亮，像旧墙皮似的发乌，为真正的勤快人所不取。

碰到女孩们洗白衣，就有男士们趁火打劫。他们也不说话，没事人似的走过去，却突然像丢弃婴似地把一个卷得小小的布包，甩进你充满泡沫的脸盆。你一边骂他，一边打开包袱。不用说，那是一件像洋铁皮一般肮脏的白衣。

假如哪个女孩总是给哪个男孩洗白衣，从此那个男孩的白衣总显出手工洗涤耀眼的白色，在众多的白衣堆里鹤立鸡群，那就是白衣传递了一段缘分。

有一段时间我做了一家工厂卫生所的所长。因为大夫们救人有功，有几家单位找上门来，说想慰问辛辛苦苦的医生，先来问问大家想要点什么。大伙儿七嘴八舌地这个说要吃的那个说要玩的。我对来人说，假如各位真心赞助，就请支援每位医生几件白衣吧。

此说一出，众皆寂静。

医生的白衣按标准是每年可领一件，其实是不够穿的。便有医生外穿很褴褛白衣，领口内却透出高雅的衬衣和毛衫，形成一种滑稽。现在是一个女人夏天有十条裙子的时代，白衣也该多有几套，天天浆洗一新。

我见过一位很简朴的老医生。她的白衣袖子磨破了，就打了一个大大的补丁。后来她的袖口也破了，她就索性把袖口剪去了。这样袖子就不够长了，她就缝了一个细细的小边，里面抽了根皮筋。以后每当看到她的灯笼袖，我就觉得她似乎更应该去做一个托儿所的阿姨。

世界五颜六色，一生总穿白衣，也是一种单调。

单调也是一种美。森林是树木的单调，海洋是水的单调，冰川是雪的单调，不都是美吗？

有一天读旧报纸，说大跃进时有的医院改成花工作服，小孩见了医生，不再吓得哭……

我不能想象穿着花衣服的医生，犹如不能想象雪花是彩色的。

# 医生提笔

一日开游艺会猜灯谜，我去晚了。偌大的房间里原本悬着许多铁丝，铁丝上原本垂着许多彩条，彩条上原本写着许多谜语……像一座硕果累累的果园。只是此刻已被捷足先登者将纸条扯去，空留五彩纸蒂在铁线上飘荡。偶尔也有孑遗的纸条，我断定它们必是无人敢碰的坚果，便也躲得远远。

“那个和医生有关，你不试试吗?”朋友揪着我就走。

我做过二十年医生。就像在一间老房子里住过了半辈子，一听到和它有关的消息，心就漾起特别的情意。

仰头，短发插进脖领。那则谜语挂得很高，粉红纸，潇潇洒洒的墨字。“医生提笔——打一数学术语。”

我探手一挽，粉红纸飘带挂在臂弯。我牵着它，向领奖台走去。

牵出一段记忆。

“你们都很年轻。但你们从此有了一个无比神圣的权力——这就是医生的处方权——处置病人开方取药的权力。现在，发给你们每人一张纸，各自把签名留在上面。不要刻意求工，也不要故作老练。你平日怎么写顺手就怎么写，但不要连笔太过，笔走龙蛇。病人认不得，药房认不得，时间长了，只怕你们自己也认不得了。各位的亲笔签字，将在药局备档。此后司药见了你们的药方，就照方抓药了。记住，小伙子小姑娘们，从今以后，病人性命维系于此，你们笔下千钧！”

鬓发苍苍的老医生对我们一伙新医生说。像一棵结了竹米的老竹开导刚拱出地皮的笋子。

开处方是医生最主要的操作之一，犹如家庭主妇的烹炸煎炒。

处方纸有各式各样的。中医的比较大，西医的相对小些。通常印有医疗机构的名称，还有像户口登记簿似的栏目，例如年龄性别住址等。这使它有一种文件般的庄严。

我喜欢那种洁白如雪半透明却很柔韧的处方笺。它像一张上好的宣纸，能激起医生画家般的创作美感。当然，医生真正的技艺要来自博大的知识和广袤的爱心。但处方是将医家的智慧，运至病家的不懈的小船。那船该是坚固而美丽的。

以前的中医开方子多是用毛笔。很规矩的墨字落在鹅黄的毛边纸上，像一朵朵黑色的花。西医惯用的是蘸水笔，大约是从西方的鹅毛笔演化来的。为什么不用钢笔呢？因为病人是一个个来，笔帽一会打开一会合上，太繁琐了。再者诊室里人来人往，钢笔万一碰到了地上，或是被人牵走，既心疼又影响工作。

处方上的字一般并不很多，笔蘸上一次水至多两次，也就写完了。缺点是墨水瓶总敞着盖，蒸发大，多渣滓沉淀。写下的字忽淡忽浓，像间歇的喷泉，不过也使字迹有了一种书法的韵味。最糟糕的是墨水突然汹涌地淌下来，一滴蓝色的眼泪汪在纸上，好不晦气。这时候，爱好整洁的医生就得换纸了。

使蘸水笔还有一个大灾难就是墨水瓶突然翻了。浅矮的瓶子里插着颀长的笔，像胖萝卜顶着一缕缨珞，极不稳当。白衣袖子不小心钩住了，那瓶儿就缓缓地倾倒，浓而艳的墨水像粥似的漫延开来，再沉静的医生也要手忙脚乱一气了。

为防这事故，瓶里只装浅浅的墨水，刚刚润上半截笔尖。这时写出的字最流畅，有种一气呵成的美丽。更有巧手的女医生，取扁而结实的药盒，雕一个洞，把瓶儿栽进去，仿佛轻巧的蜡烛有了凝重的烛台，再不会随意颠覆了。医生冷静的诊台上，添了一份小小的创造。

写处方的笔，后来改成了圆珠笔。方便，但是极容易丢。我不敢说是病人有意拿走，但他们有时为记一个注意事项，比如何时复诊，化验的正常值等，就抓起笔在手掌心上留言——他们是绝不敢用钢笔的——之后就随手把笔放在别处了。待到医生用时找不到笔，就像乡女丢了针，官人离了印，那一份慌张，那一份焦虑，常人难体验。

也有应对的办法。医生用的笔多价廉。笔杆是细竹子或是极轻薄的塑料壳，丢了也不可惜。其实也不能光赖别人。医生读书的时候，笔就夹在书里了。医生在路上被病人拦住开方，笔就揣在白衣口袋里了。医生给病人做检查，笔就撂到诊断床上了……一个医生，最少要预备上三支笔，才可以随时随地都有武器。

医生的笔用得靡费。总到公家那里去领笔，就不好意思。于是就自己制"笔"。取一支圆珠笔芯，用纸紧紧缠起，在桌面上滚一滚，纸就像糯米面一样把笔芯裹紧了。这时再用胶布把边粘牢，洁白纤细的笔就制得了。简单易行，又不爱丢。只是这笔用起来不舒服，硌手指头，甚至把指肚嵌出浅槽。又容易脏，好似一支打了石膏的污浊断腿，与医生洁净的天性不符。

医生处方上的字往往十分难认，仿佛一纸天书。行外的人多以为这是一种炫耀，是故意不叫人读懂的密码。这话也有些道理，但依我做医生的体会，主要是医生对这些药名太熟悉了。他们几千次几万次地书写它们，便很容易偷工减料，很容易点到为止。医生的下一道工序是药房，处方最主要的读者是司药。司药熟悉每位医生的签名，就像老师认识学生的作业。他们飞快地照方抓药，面对着龙飞凤舞的笔迹并无踌躇。是司药们姑息了医生，放纵了医生，医生就日复一日地描画只有他们才懂的符号了。

一个医生一生要写多少处方啊！摞起来该有几层楼高，铺起来该有足球场大！

处方像一根风筝线，一头系着病人的安危，一头系着医生的胆识。在无风的日子里，它不在意地翻飞着。在狂风呼啸的时候，它坚韧地牵住生命的希望。

处方像一条阿拉伯魔毯。它雪片似的飞着，覆盖住病痛的荒野，托举来康复的远景。

处方像观音菩萨的净瓶，撒出甘露，收伏病魔。有句俗话叫“病来如山倒，病去如抽丝”，处方就是剥茧抽丝的能手，把病渐渐地融化了。

处方是驱除病邪的咒语。当医生的思索凝固成处方上的文字的时候，病魔就在病人的体内发出惊悸的叹息。

处方是医生智慧的物化，处方是医生经验的结晶，处方是医生交给病人的救生艇，处方是医生屠戮病魔的斧头。

每一次书写处方，都要苦苦思索。病人像一个无助的婴儿，等待我的援助。我觉得自己在这一瞬间,是上帝是真主是佛祖——是人类一切美好希冀的化身,手中简陋的笔像铁杵一样重。我要把一种对于生命的信念,重新注入到面前这具已经破损的人体当中去,我因此而神圣起来……

我也有手起笔落的时候。未及病家说完,处方早已一挥而就。病人对这样的医生,多有微词。我自知这给人以不礼貌的刺伤,是该禁绝的。这多发生于病人拥挤的时候。您对我说:头痛发烧咳嗽流涕……病痛对每一个病人都新鲜如带露的韭菜。我理解而充满同情地注视着您,但我要坦白地对您说,像您这样的病人,今日从早到晚,我已看过了几十……疾病也像蝗虫,成群结队而来。疾病也像谣言,会以飞快的速度一传十,十传百……

我年轻的时候,常常这般冷落了病人。随着年龄渐长,终于知道在处方之外,还有一味珍贵的药物叫做“人心”。我学会了静如秋水地听人陈述病情,虽然我早就知道了您是什么病。我聚精会神地听您描述痛苦,虽然我已定下给您吃什么药……我会亲切地皱起眉头,仔细地询问连您都忽视了的细节,我会注视着您的眼睛,看着您黑色的瞳孔里映出我白色的衣衫……这不单单是一种关切一种尊重,而是一种极端的谨慎。要知道我面对的是世界上最易碎的珍品——鲜活的生命,容不得万分之一的差池。况且倾听痛苦,本身就是疗法。听说国外就专有人以此为生。

处方像块磨刀石,把医生的躁气磨掉,把医生的年龄磨厚。

每个病人就诊,医生都要为他做一份记录,写一篇处方,几处相加,足要写几十字。每天少说也要好几十个病人,便要写上千的字。每个月就有几万字。一年下来，就是几十万字了。一个几十年医龄的老医生，起码写过几百万字的处方了。这是一部医家的长篇小说。

早就想同人说说医生。不希图理解，只是想说。这个世界上，不理解的事多，理解的事少。叶儿不理解花，才有姹紫嫣红。花儿不理解果，才有五谷丰登。太理解了，如同瑞雪抹平了大地，就单调了。

医生躲在处方后面，理解医生的人就少。医生好像也不需要人们的理解，经历的生生死死太多，有些话就不必说了。因为淤积的苦痛太多，医生便冷漠。因为对死亡无能为力，医生便凄凉。因为明知不可为而为之，医生便悲壮。因为经年累月地用处方同疾病交谈，医生有时就恍恍惚惚地觉得自己也成了人世间的一张处方……

那雪白的笺纸上写着："爱人"。

我和朋友走到主持人身旁，告诉他谜底。

"医生提笔——开方。"

"对吗?"我轻声问。

主持人给了我们一张奖券。我用奖券领了一个红气球。那圆滚滚的红气球像健康的心脏蓬勃跳跃着，在欢快的人们头顶上方。

# 刀下留情

在我没当医生以前，想象中的手术刀是长而弯，极锋利的样子，像杀西瓜用的。第一次看到手术刀，心情——好失望。

它是那么的小，像一枚银色的柳叶。配上精致的手柄，亮闪闪，像一把西餐具。

做手术就用这一种刀吗？我不死心地问。总觉得作为执掌人类生命的兵器来说，它似乎太轻盈了。

做手术又不是杀猪。只有凶器才是又大又狠的。你见过绣花吗？绣花针都是很小的，做手术是很细致的活。老医生对我说。

医生这个行当，说科学，它是极缜密的。动不动就给你分析到分子水平亚分子水平。但有时它又是极云苫雾罩的，似是而非模棱两可地涂满灰色。医生老了就是个宝，像摸爬滚打多年的老农，懂得这一行里许多心领神会的秘诀。医学在某种意义上是经验科学，像木匠一样是需要手把手地教学。

手术刀片很锐利，我用它削过铅笔，比任何转笔刀都好使。偶尔也用它削过苹果，因为刀柄的角度是为了切割人肉而准备的，于削果子并不相宜。

执手术刀有多种姿势，就像拿筷子有多种姿势，不强求一致，只要把饭送到嘴里就行。比较常见的执刀姿势叫执笔式。不是执毛笔，是执钢笔式。只不过笔写下的是字体，而刀写下的是血痕。

我第一次给人动手术的时候，操刀的手不住颤抖。手术台是用白巾围起来的，病人仿佛被罩在一顶帐篷里，看不见头脸。盖肚子的地方留出一道布缝，其下裸露一段洁净的皮肤，这就是拟下刀子的场所。

手术台以右侧为尊(假如医生不是左撇子)。老医生站在左边，充当我的助手。他高耸的颧骨把口罩顶得很高，目光炯炯地瞪着我。

我潇洒地执着刀，在病人的皮肤上鸡啄米似的比划着，就是切不下去。皮肤显出不真实的惨白，刀尖的点戳下有细小的血珠毛茸茸地渗出，像雪原上奇怪的小红果。施了麻醉，病人安然躺着，并不觉得疼。

快点。老医生对我说。这句话没出声，只他的口罩动了动。我猜出他说的是这两个字。

我已经在底下千百次地练过下刀子了。我切过布，切过树叶，切过冻猪肉……我觉得自己已经杀气腾腾，像孙二娘似的了，可事到临头就是下不去刀。

老医生不耐烦地咳嗽了好几声。我知道他已忍无可忍。

去他的吧！口子又不是割在我身上，我为什么要缩手缩脚！一狠心，切下去就是了！反正打了麻药，他是绝不知痛的。不开刀，他肚子里的块痞怎么能取出来？不下决心戳下这第一刀，我又怎能成为一个好医生？千万别把他当成人，就把他当成案板上的一条鱼或者干脆就把他当成木板……

我的心渐渐凝固。直直地将刀尖抵住他的皮肤。可能是铁器冰凉，肌肉猛地跳弹蹿起老高。我吓得魂飞胆战差点把手术刀扔在地上。

他是一个人。是一个活生生的人。

老医生的眼睛恶狠狠地瞄准我。我知道再延宕下去，我就跟战场上的逃兵差不多了。我一咬牙，把刀子立起来，像根棍似地捅了下去……

我原以为人的肉是很硬的，这错误大概源于冻猪肉的感觉。我将永远记住手术台上这个年轻士兵的皮肤，像洗过的梨子一样清新柔软，雪白地绽开了。

我以为会有汹涌的血立即将这残酷的缝隙填满，想不到肌肤洁净地敞开着，肌纤维像新锯开的木板，纹理清晰。

这个人难道没有血液吗？我惊愕之极。甚至怀疑刀法是否犯了严重的误差，要不然这个人为什么不出血呢？

我在等待出血。平日我们总是把伤口和出血连在一起的，焦灼中，瞬间无比漫长。

其实在伤口和出血之间是有一段明显的空白。健康的血管突然斩断时，会惊吓得目瞪口呆，猛地缩回去。片刻之后，才会清醒地流出血液。

快切。在血还没有溢满创口的时候，一气呵成。老医生命令我。

因了我的迟疑，那刀口出现了一个顿挫。好像临帖时一竖没写完，突然停了笔。接下去再写时，无论怎样用心，终没有原装的严丝合缝。

我不知那个年轻的士兵现在何处。他可记得身上不直的刀口，出自一个女医生最初的刀锋。

以后的操作就比较地顺利了，我已在台下演练过无数遍。只要不时时想着白布下是一个大活人，我就肆无忌惮地飞针走线刀兵相见。

手术在某种意义上就是在人身上做一场针线活。把皮肉裁开，把破损了的赘处剪了去，拼拼接接修修补补，尽可能周全地把人再囫囵缝起来。不能把坏的留下来，也不能把好的浪费了去。一针一线，细细地缝，密密地缝。要缝得结实，要缝得妥帖。要是给年轻的女孩做手术，更得缝得匀称美观，人的肌肤是一种特殊的料子，外科医生是生命的裁缝。

小毕医生，你没有发现我对你很不错吗？有一天，老医生笑眯眯地对我说。

没有……我没有……发现。我结结巴巴地说。我只发现老医生对我比对别人更严厉。

我认为你将来可以成为很优秀的外科医生，当然这需要培养。老医生很严肃地说。

我惊诧莫名，我受宠若惊。那一刹那，我被这神圣的事业所感动。

世界上的刀，都是以杀戮为目的。惟有小小的手术刀，刀锋下淌着浓烈的情。

# 呵护心灵

那一年我十七岁，在西藏雪域的高原部队当卫生兵，具体工作是做化验员。

雪山上的条件很差，没有电，许多医学仪器都不能用。化验血的时候，只有凭着眼睛和手做试验，既辛苦，也不易准确。

一天，一个小战士拿了一张化验单找我，要求做一项很特别的检查。医生怀疑他得了一种很古怪的病，这个试验可以最后确诊。

试验的做法是：先把病人的血抽出来，快速分离出血清。然后在摄氏五十六度的情形下，加温三十分钟。再用这种血清做试验，就可以得出结果来了。

我去找开化验单的医生，说，这个试验我做不了。

医生问：为什么？

我说，你想啊，整整半个小时，要求摄氏五十六度分毫不差。要是有电暖箱，当然简单了。机器的指针旋钮一应俱全，把温度和时间定死，一按电钮，就开始加温。时间到，红色指示灯就亮了，大功告成。但是没有电，你就抓瞎没办法。我又不能像个老母鸡似的把血标本揣在身上加温。就算我乐意干，人的体温也不到五十六度啊。

医生说，化验员，想想办法吧。要是没有这个化验的结果，一切治疗都是盲人摸象。

我是一个好心加耳朵软的女孩。听了医生的话，本着对病人负责的精神，仔细琢磨了半天，想出一个笨法子，就答应了医生的请求。

那个战士的胳膊比红蓝铅笔粗不了多少，抽血的时候面色惨白，好像是把他的骨髓吸出来了。

前面的步骤都很顺利，我开始对血清加热。

我点燃一盏古老的印度油灯，青烟缭绕如丝，好像有童话从雪亮的玻璃罩子里飘出。柔和的茄蓝色火焰吐出稀薄的热度，将高原严寒的空气炙出些微的温暖。我特意做了一个铁架子，支在油灯的上方。架子上安放一只盛水的烧杯，杯里斜插一根水温计，红色的汞柱好像一条冬眠的小蛇，随着水温的渐渐升高而舒展身躯。

当烧杯水温到达五十六摄氏度的时候，我手疾眼快地把盛着血清的试管放入水中，然后双眼一眨不眨地盯着温度计。当温度升高的时候，就把油灯向铁架子的边缘移动。当水温略有下降的趋势，就把火焰向烧杯的中心移去，像一个烘烤面包的大师傅，精心保持着血清温度的恒定……

说实话，这个活儿真是乏味透顶。凝然不动的玻璃器皿，枯燥单调的搬移油灯，好像和一个三岁小孩下棋，你既不能赢又不能输，只能像木偶一样机械动作……

时间艰难地在油灯的移动中前进，大约到了第二十八分钟的时间，一个好朋友推门进了化验室。她看我目光炯炯的样子，大叫了一声说：你不是在闹鬼吧，大白天点了一盏油灯！

我瞪了她一眼说，我是在全心全意地为病人服务，正像孵小鸡一样地给血清加温呢！

她说，什么血清？血清在哪里？

我说，血清就在烧杯里啊。

我用目光引导着她去看我的发明创造。当我注视到水银计的时候，看到红线已经膨胀到摄氏七十度的范畴。劈手捞出血清试管，就在我说这一句话的功夫，原本像澄清茶水一般流动的血清，已经在热力的作用下，凝固得像一块古旧的琥珀。

完了！血清已像鸡蛋一样被我煮熟，标本作废，再也无法完成试验。

我恨不得将油灯打得粉碎。但是油灯粉身碎骨也于事无补，我不该在关键的时刻信马由缰。现在面临的问题是我该怎么办？空白化验单像一张问询的苦脸，我不知填上怎样的答案。

最好的办法是找病人再抽上一管鲜血，一切让我们重新开始。但是病人惜血如命，我如何向他解释理由？就说我的工作失误了吗？那是多么没有面子的事情！人人都知道我是一个尽职尽守的好化验员，这不是给自己抹黑吗？

想啊想，我终于设计出了如何对病人说。

我把那个小个子兵叫来，由于对疾病的恐惧，他如惊弓之鸟战战兢兢。

我不看他的脸，压抑着自己的心跳，用一个十七岁女孩可以装出的最大严肃对他说：我已经检查了你的血，可能……

他的脸刷地变成霜地，颤抖着嗓音问，我的血是不是有问题？我是不是得了重病？

等待检查结果的病人都如履薄冰。我虽然年轻，也很懂得利用这种心理。

这个……你知道像这样的检查，应该是很慎重的，单凭一次结果很难下最后的结论……

说完这句话，我故意长时间地沉吟着，一副模棱两可的样子，让他在恐惧的炭火中慢慢煎熬，直到相信自己已罹患重疾。

他瘦弱的头颅点得像啄木鸟，说，我给您添了麻烦，可是得了这样的病，没办法……

我说，我不怕麻烦，只是本着对你负责，对你的病负责，还要为你复查一遍，结果才更可靠。

他苍白的脸立刻充满血液，眼里闪出星星点点的水斑。他说，化验员，真是太谢谢啦，想不到你这样年轻，心地这样好，想得这么周到。

小个子兵说着，几乎是迫不及待地撸起袖子，露出细细的臂膀，让我再次抽他的血。

我心里窃笑着，脸上还做出不情愿的样子，很矜持地用针头扎进他的血管。这一回，为了保险，我特意抽了满满的两大管鲜血，以防万一。

古老的油灯又一次青烟缭绕，我自始至终都不敢大意，终于取得了结果。

他的血清呈阴性反应。也就是说——他没有病。

再次见到小个子兵的时候，他对我千恩万谢。他说，化验员啊，你可真是认真啊。那一次通知我复查，我想一定是我有病，吓死我了。这几天，我思前想后，把一辈子的事都想过了一遍。幸亏又查了两次，证明我没病。你为病人真是不怕辛苦啊！

我抿着嘴不吭声。

后来领导和同志们知道了这件事,都夸我工作认真并谦虚谨慎。

在以后很长的时间里,我都为自己当时的灵动机智而得意。

我的年纪渐长,青春离我远去,机体像奔跑过久的拖拉机,开始穿越病魔布下的沼泽。有一天,当我也面临重病的笼罩,我对最后的化验结果望穿秋水的时候,我才懂得了自己当年的残忍。我对医生的一颦一笑察言观色,我千百次地咀嚼护士无意的话语。我明白了当人们忐忑在生死的边缘时,心灵是多么的脆弱。

为了掩盖自己一个小小的过失,不惜粗暴地弹拨病人弓弦般紧张的神经,我感到深深的懊悔。

假如今天我出了这样的疏忽,我会充满歉意地对小个子兵说,对不起,因了我的粗心,那个试验做坏了。现在我来重新做。

我想他也许会发脾气的,斥责我的不负责任。按照四川人的火爆脾气,大骂几句也有可能。我会安静地倾听他的愤怒,直到他心平气和的那一瞬。我相信他还会撸起袖子,让我从他比红蓝铅笔粗不了多少的胳膊上抽血……也许他会对别人说我是一个蹩脚的化验员,我会微笑着不做任何解释。

我们可以吓唬别人,但不可吓唬病人。当我们患病的时候,精神是一片深秋的旷野。无论多么轻微的寒风,都会引起萧萧黄叶的凋零。

让我们像呵护水晶一样呵护人的心灵。

# 精神的三间小屋

我注视我自己的头颅
教养的证据
坦然走过乞丐
精神的三间小屋
我的五样

# 我注视我自己的头颅

一次生病，医生让照一张头颅的 CT 片子。于是我得到了一张清晰准确的自己头骨的照片。

我注视着它，它也从幽深而细腻的灰黑色胶片颗粒中注视着我，很严峻的样子。

头颅有令我陌生的轮廓。卸去了头发，撕脱了肌肤，剔除了所有的柔软之物，颅骨干净得像刚从海中捞出来的贝壳。

突然感觉到很熟识，仿佛见过似的……不久以前……我记起了博物馆，那里有新出土的类人猿头骨化石。

夹进了几十万年进化的果子酱，颅骨还是像两块饼干似的相似。

造化可真是一位慢性子。

假如我的头骨片落到一位人类学家手里，便可以十分精确地分析出我的性别、年龄、体重、身高……它携带着我的密码信息，脱离我而孤零零地存在着。医生读着它，却作出我是否健康的结论，它似乎比我还重要。

我细细端详它，仿佛在鉴赏一件工艺品。实在说，这个物件是很精致的。斗拱飞檐，玲珑剔透，为人体骨髓中最精彩的片断。不知多少稻麦菽粟的精华，才将它一层层堆砌而起；不知多少飞禽走兽的真髓，才将它润泽得玉石般光滑。阳光中的紫色，馈赠它岩石般的坚硬，和煦的春风，打磨它流畅的曲线。我感叹大自然的精雕细作。用山川日月、金木水火、天上地下、风云雨雪的物质魂灵，挑选着，拼凑着，混合着，搅拌着，一轮又一轮地循环……终于在许多偶然与必然的齿轮磨合中，缝缀镶嵌起了无数颗头颅，其中一颗属于了我。

假如我最终不是化为一股热烟，这头颅该是最难融入泥土的部分。它会睁着空空洞洞的眼眶，凝视着一碧如洗的长天；它会耸动并不存在的鼻翼，吮吸依然存在的花香；它会让风从贯穿的耳道中，像特快列车那样呼啸而过；它会半张着惊愕的颌骨，依旧对这个星球上发生的许许多多事情表示讶异……

我不由得伸手弹弹自己乱发覆盖下的头骨，它发出粗陶罐的响声。这是一个半空的容器，盛着水、细胞和像流星一样游走的念头。念头带着阴电和阳电，焊接时就散发出五颜六色的蛛丝，缠绕在一起，像电线似的发布命令，驱使我具有各式各样的举动。正是这些蝌蚪一样活泼的念头，才使我写下了以上的文字。

罐子里的水会酸腐，那些细胞会萎缩，但文字是不会生锈不会腐烂的，它们比有生命的物体更有生命。它们把念头们凝固下来，像把混浊的豆浆压榨为平滑的固体。人人都公有的文字，经过特定的组合，就属于了我。组合的顺序就是一种思索。

我望着我的头颅，因为它是思索的宫殿，我不得不尊重它。它却不望着我，透过我，它凝望着遥远的人所不知的地方。它比我久远，它以它的久远傲视我今天的存在。但我比它活跃，活跃是生命存在最显著的标志之一。

但和文字比起来，无论现在的活跃或者将来的久远，都黯然失色。

骨骼算什么呢？甲骨文不正是因为有了文，才神圣起来，否则不过是一块烤焦的兽骨！

文字是先人们留给我们的符咒，使我们得以知道一只只水罐曾经储存过怎样的五彩念头。罐子碎了，水流空了，但一代又一代最优秀的念头组合却像通电的钨丝一样，在智慧的夜空勾勒着永不熄灭的痕迹。

我注视着我的头颅，递给它一个轻轻的微笑：我们都有完全不复存在的那一天。那时候，证明你我曾经存在过的证据，到哪里去寻找？

制造念头吧！那些美丽的像鸟一样在空中飞翔的念头，假如它们真的充满睿智，假如它们真能穿越时代的雾海，它们的羽毛就会被喜爱它们的人所保存。

那个发明CT的人真聪明，它使活着的人看到一个骷髅，想到许多以后的事情。

# 教养的证据

教养是个高频词。时下，如果说某人没教养，就是大批评大贬义了。如果说一个女人没教养，简直就如同说她是三陪小姐了。

什么叫教养呢？辞典上说是“文化和品德的修养”，但我更愿意理解为“因教育而养成的优良品质和习惯”。

一个人可以受过教育，但他依然是没有教养的。就像一个人可以不停地吃东西，但他的肠胃不吸收，竹篮打水一场空，还是骨瘦如柴。不过这话似乎不能反过来说——一个人没有受过系统的教育，他却能够很有教养。

教养不是天生的。一个小孩子如果没有人教给他良好的习惯和有关的知识，他必定是愚昧和粗浅的。当然，这个“教”是广义的，除了指入学经师，也包括家长的言传身教和环境的耳濡目染。

教养和财富一样，是需要证据的。你说你有钱不成，得拿出一个资产证明。教养的证据不是你读过多少书，家庭背景如何显赫，也不是你通晓多少礼节规范，能够熟练使用刀叉，会穿晚礼服……这些仅仅是一些表面的气泡，最关键的证据可能有如下若干。

热爱大自然。把它列为有教养的证据之首，是因为一个不懂得敬畏大自然，不知道人类渺小的人，必是井底之蛙，与教养谬之千里。这也许怪不得他，因为如果不经教育，一个人是很难自发地懂得宇宙之大和人类的微薄的。没有相应的自然科学知识，人除了显得蒙昧和狭隘以外，注定也是盲目傲慢的。之所以从小就教育孩子要爱护花草，正是这种伟大感悟的最基本的训练。若是看到一个成人野蛮地攀折林木，通常人们就会毫不迟疑地评判道——这个人太没有教养了。可见教养和绿色是紧密地联系在一起的。懂得与自然协调地相处，懂得爱护无言的植物的人，推而广之，他多半也可能会爱惜更多的动物，爱护自己的同类。

一个有教养的人，应该能够自如地运用公共的语言，表达自己的内心和同他人交流，并能妥帖地付诸文字。我所说的公共语言，是指大家——从普通民众到知识分子都能理解的清洁和明亮的语言，而不是某种狭窄的土语俚语或者某特定情境下的专业语言。这个要求并非画蛇添足，在这个千帆竞发的时代，太多的人，只会说他那个行业的内部语言，只会说机器仪器能听懂的语言，却不懂得和人亲密地交流。这不是一个批评，而是一个事实。和人的交流的掌握，特别是和陌生人的沟通，通常不是自发产生的，是要通过学习和练习来获得的。一个没有受过教育的人，他所掌握的词汇是有限和贫乏的，除了描绘自己的生理感受，比如饿了、渴了、睡觉以及生殖的欲望之外，他们对于自己的内心感知甚为模糊，因为那些描述内心感受的词汇，通常是抽象和长于比兴的。不通过学习，难以明确恰当地将它表达出来。那些虽然拥有一技之长，但无法精彩地运用公共语言这种神圣的媒介，来沟通和解读自我心灵的人，难以算是一个有教养的人。技术是用来谋生的，而仅仅具有谋生的本领是不够的。就像豺狼也会自发地猎取食物一样，那是近乎无需教育也可掌握的本能。而人，毫无疑问地应比豺狼更高一筹。

一个有教养的人，对历史有恰如其分的了解，知道生而为人，我们走过了怎样曲折的道路。当然，教养并不能使每个人都像历史学家那样博古通今，但是教养却能使一个有思考爱好的人，知晓我们是从哪里来，要到哪里去。教养通过历史，使我们不单活在此时此刻，也活在从前和以后，如同生活在一条奔腾的大河里，知道泉眼和海洋的方向。

一个有教养的人，除了眼前的事物和得失以外，他还会不由自主地想到他远大的目标。教养把一人的注意力拓展了，变得宏大和光明。每一个个体都有沉没在黑暗峡谷的时刻，当你跋涉和攀援中，虽然伤痕累累，因为你具有的教养，确知时间是流动的，明了暂时与永久。相信在遥远的地方，定有峡谷的出口，那里有瀑布在轰鸣。

一个有教养的人，特别是女人，对自己的身体，有着亲切的了解和珍惜之情。知道它们各自独有的清晰的名称，明了它们是精致和洁净的，身体的每一部分都有着不可替代的功能，并无高低贵贱的区别。他知道自己的快乐和满足，有很大的一部分是建筑在这些功能灵敏的感知上和健全的完整上的。他也毫无疑义地知道，他的大脑是他的身体的主宰。他不会任由他的器官牵制他的所作所为，他是清醒和有驾驭力的。他在尊重自己身体的同时，也尊重他人的身体。在尊重自我的权利的同时，也尊重他人的权利。在驰骋自我意志的骏马时，也精心维护着他人的茵茵草地。

一个有教养的人，对人类种种优秀的品质，比如忠诚、勇敢、信任、勤勉、互助、舍己救人、临危不惧、吃苦耐劳、坚贞不屈……充满敬重敬畏敬仰之心。不一定每一个人都能够身体力行，但他们懂得爱戴和歌颂。人不是不可以怯懦和懒惰，但他不能把这些陋习伪装成高风亮节，不能由于自己做不到高尚，就诋毁所有做到了这些的人是伪善。你可以跪在泥里，但你不可以把污泥抹上整个世界的胸膛，并因此煞有介事地说到处都是污垢。

有教养的人知道害怕。知道害怕是件有意义有价值的事情。它表示明了自己的限制，知道世上有一些不可逾越的界限。知道世界上有阳光，阳光下有正义的惩罚。由于害怕正义的惩罚，因而约束自我，是意志力坚强的一种体现。

有教养的人知道仰视高山和宇宙，知道仰视那些伟大的发现和人格，知道对于自己无法企及的高度表达尊重，而不是糊涂地闭上眼睛或是居心叵测地嘲讽。

教养是不可一蹴而就的。教养是细水长流的。教养是可以遗失也可以捡拾起来的。教养也具有某种坚定的流传和既定的轨道性。教养是一些习惯的总和，在某种程度上，教养不是活在我们的皮肤上，是繁衍在我们的骨髓里。教养和遗传几乎是不相关的，是后天和社会的产物。教养必须要有酵母，在潜移默化和条件反射的共同烘烤下，假以足够的时日，才能自然而然地散发出香气。教养是衡量一个民族整体素质的一张X片子。脸面上可以依靠化妆繁花似锦，但只有内在的健硕，才经得起冲刷和考验，才是力量的象征。

# 坦然走过乞丐

喜欢张爱玲的一个理由，是她说自己不喜欢乞丐。凡人不敢说厌恶乞丐，特别是女性，那样显得多不善良啊。

乞丐是一个现象，它把贫穷和孱弱表面化了，瘫软地体现了出来。它把人的哀助赤裸裸地表达着，让他人在同情之后，起了帮助的欲望和收获施与的喜悦。

于是乞丐就成了常说常新的话题，名著中的乞丐常常是睿智和淳厚的，平常人也有很多与乞丐有关的故事。听过一个女子讲述，她最终决定嫁给丈夫，是因为那个男人在看到乞丐的时候，总是一往情深地掏钱。某次竟把请女孩吃饭的钱悉数捧出，以至于两个人只能空腹沿江散步(女孩的钱只够两人回家的路费)。女孩认定男子值得信赖，很快和他结婚了。那个衣衫不整的乞丐不知不觉中成了红娘。当我对女孩见微知著的聪敏欣赏不已时，她脸色陡沉，说婚后不久发现丈夫狭隘虚伪，很快分道扬镳。于是那个乞丐又在浑然不觉中成了罪人。

我茫然了，不知如何对待这大城市眉眼上的瘤。某天和海外宗教界的朋友结伴走地铁。肮脏的老乞丐裹着污浊破毡，半跪半俯地挡住了阶梯，破旧草帽中，零星小币闪着黯淡的光。毡下像枪管一般刺出半截腿，该长着脚的地方，是一团褐色的腐肉。情景的掺和气味的熏，使人不得不远远抛下点钱，逃也似的躲开。

我知趣地退后了几步，和朋友拉开距离。依她的慈悲和博爱，无论捐出多少，都是心意，也是隐私，我尊重地闪开为好。

她端庄地走了过去，俯身对残疾老人说，请你让一让，不要阻了通道，你没看到人们都绕开你走吗？这让大家多不方便啊。老人从地面抬起出半张脸，并不答她的话，我行我素道，行行好，太太，给几个小钱……

朋友悄然走了过去，不曾放下一枚分币。进入地铁，找到站内的工作人员，她说，通道上有个乞丐，妨碍了交通，请你们敦促他走开。

我无声地看着这一切，心想不给钱尚能理解，比如恰逢心绪不佳，无有余力关顾他人，但找了公安驱赶老丐，是不是也嫌过严？忍不住替她找理由，说，我看到报载，有些乞丐骗吃骗喝，白天在街上乞讨衣衫褴褛，下了班之后，西装革履地下馆子。有的干脆以此为业，几年下来，居然在乡下起楼造屋成了当地首富。想你一眼看出那乞丐正是这路人等？

朋友笑了，说我哪有这份神功。你说的那些事例我也在报上看过。具体到这位老人，没有证据，我们不可以随便怀疑。我疑惑道，既然你不认为他是坏人，为何不施舍？

朋友道，可我也不能判断出他是否真的贫病无告，难以自食其力啊。

我说，这却难了。每个人在掏腰包施舍之前，难道还要雇个私人侦探，一一查访乞丐们的收入情况吗？

朋友正色道，这正是现代社会的为难之处。农耕社会，谁个穷谁个真无助，十里八乡的人都心里有数。进入信息社会了，人员大量流动，我们知道火星几日几时几分大冲，一般人却无法掌握乞丐们的真实背景。

我说，那怎么办呢？有些乞丐挡住你的路，展示他们的残疾和可怕，吓得你不得不扔钱。几个人同行，若你袖手而过，就显出小气和不仁，压力也挺大啊。

朋友说，我是从不在马路边施舍的。那样不是仁慈，而是愚蠢。当然了，我不敢说马路边的每一个人都不该救助，但救助，也要有现代的意识。你给了一点钱，他就叩头，他靠出卖尊严得到金钱，你收获了廉价的欲望满足。你的那几个小钱，是不配得到这样的回报的。他轻易地以头触地，因为他已不看重自我。那种靠展示生理恶疾，压榨人们的感官，更是一种潜在的威胁和逼迫。利用丑恶博得金钱，古来就被称为“恶乞”，被人所不齿。如果你辛辛苦苦挣来的钱，却助长了不良之风，不正与你善良的愿望相悖吗！

我听得点头，又问，那我们如何施舍呢？

朋友说，要有正式的慈善机构来负责这些事务。它要接受各方面的监督，来有来路，去有去向，一清二白才能把好钢使在刀刃上，又省了普通民众的甄别之难。

从那以后，我可以坦然走过乞丐身旁。对那些慷慨解囊之人不再仰慕，对那些扬长而去之人也不再侧目。当然了，也积极向正规机构捐助并期待他们的清廉。

# 精神的三间小屋

面对那句——人的心灵，应该比大地、海洋和天空都更为博大的名言，自惭形秽。我们难以拥有那样雄浑的襟怀，不知累积至那种广袤，需如何积攒每一粒泥土？每一朵浪花？每一朵云霓？

甚至那句恨不能人人皆知的中国古话——宰相肚里能撑船，也让我们在敬仰之余，不知所措。也许因为我们不过是小小的草民，即便怀有效仿的渴望，也终是可望而不可即，便以位卑宽宥了自己。

两句关于人的心灵的描述，不约而同地使用了空间的概念。人的肢体活动，需要空间。人的心灵活动，也需要空间。那容心之所，该有怎样的面积和布置？

人们常常说，安居才能乐业。如今的城里人一见面，就问，你是住两居室还是三居室啊？……喔，两居室窄巴点，三居室虽说并不富余，也算小康了。

身体活动的空间是可以计量的，心灵活动的疆域，是否也有个基本达标的数值？

有一颗大心，才盛得下喜怒，输得出力量。于是，宜选月冷风清竹木潇潇之处，为自己的精神修建三间小屋。

第一间，盛着我们的爱和恨。对父母的尊爱，对伴侣的情爱，对子女的疼爱，对朋友的关爱，对万物的慈爱，对生命的珍爱……对丑恶的仇恨，对污浊的厌烦，对虚伪的憎恶，对卑劣的蔑视……这些复杂而对立的情感，林林总总，会将这间小屋挤得满满，间不容发。你的一生，经历过的所有悲欢离合喜怒哀乐，仿佛以木石制作的古老乐器，铺陈在精神小屋的几案上，一任岁月飘逝。在某一个金戈铁马之夜，它们会无师自通，与天地呼应，铮铮作响。假若爱比恨多，小屋就光明温暖，像一座金色池塘，有红色的鲤鱼游弋，那是你的大福气。假如恨比爱多，小屋就阴风惨惨，厉鬼出没，你的精神悲戚压抑，形销骨立。如果想重温祥和，就得净手焚香，洒扫庭除。销毁你的精神垃圾，重塑你的精神天花板，让一束圣洁的阳光，从天窗洒入。

无论一生遭受多少困厄欺诈，请依然相信人类的光明大于暗影。哪怕是只多一个百分点呢，也是希望永恒在前。所以，在布置我们的精神空间时，给爱留下足够的容量。

第二间小屋，盛放我们的事业。

一个人从二十五岁开始做工，直到六十岁退休，他要在工作岗位上度过整整三十五年的时光。按一日工作八小时，一周工作五天，每年就要为你的职业付出两千个小时。倘若一直干到退休，那就是七万个小时。在这个庞大的数字面前，相信大多数人都会始于惊骇终于沉思。假如你所从事的工作，是你的爱好，这七万个小时，将是怎样快活和充满创意的时光！假如你不喜欢它，漫长的七万个小时，足以让花容磨损日月无光，每一天都如同穿着淋湿的衬衣，针芒在身。

我不晓得一下子就找对了行业的人，能占多大比例？从大多数人谈到工作时乏味麻木的表情推算，估计这样的幸运儿不多。不要轻觑了事业对精神的濡养或反之的腐蚀作用，它以深远的力度和广度，挟持着我们的精神，以成为它麾下持久的人质。

适合你的事业，不靠天赐，主要靠自我寻找。这不但是因为相宜的事业，并非像雨后白桦林中的菌子一样，俯拾即是，而且因为我们对自身的认识，也是抽丝剥茧，需要水落石出的流程。你很难预知，将在十八岁还是四十岁甚至更沧桑的时分，才真正触摸到倾心的爱好。当我们太年轻的时候，因为尚无法真正独立，受种种条件的制约，那附着在事业外壳上的金钱地位，或是其他显赫的光环，也许会灼晃了我们的眼睛。当我们有了足够的定力，将事业之外的赘生物一一剥除，露出它单纯可爱的本质时，可能已耗费半生。然费时弥久，精神的小屋，也定需住进你所爱好的事业。否则，鸠占鹊巢，李代桃僵，那屋内必是鸡飞狗跳，不得安宁。

我们的事业，是我们的田野。我们背负着它，播种着，耕耘着，收获着，欣喜地走向生命的远方。规划自己的事业生涯，使事业和人生，呈现缤纷和谐相得益彰的局面，是第二间精神小屋坚固优雅的要诀。

第三间，安放我们自身。

这好像是一个怪异的说法。我们自己的精神住所，不住着自己，又住着谁呢？

可它又确是我们常常犯下的重大失误——在我们的小屋里，住着所有我们认识的人，惟独没有我们自己。我们把自己的头脑，变成他人思想汽车驰骋的高速公路，却不给自己的思维，留下一条细细的羊肠小道。我们把自己的头脑，变成搜罗最新信息网络八面来风的集装箱，却不给自己的发现，留下一个小小的储藏盒。我们说出的话，无论声音多么嘹亮，都是别的喉咙嘟囔过的。我们发表的意见，无论多么周全，都是别的手指圈画过的。我们把世界万物保管得好好，偏偏弄丢了开启自己的钥匙。在自己独居的房屋里，找不到自己曾经生存的证据。

如果真是那样，我们精神的小屋，不必等待地震和潮汐，在微风中就悄无声息地坍塌了。它纸糊的墙壁化为灰烬，白雪的顶棚变作泥泞，露水的地面成了沼泽，江米纸的窗棂破裂，露出惨淡而真实的世界。你的精神，孤独地在风雨中飘零。

三间小屋，说大不大，说小不小。非常世界，建立精神的栖息地，是智慧生灵的义务，每人都有如此的权利。我们可以不美丽，但我们健康。我们可以不伟大，但我们庄严。我们可以不完满，但我们努力。我们可以不永恒，但我们真诚。

当我们把自己的精神小屋建筑得美观结实，储物丰富之后，不妨扩大疆域，增修新舍。矗立我们的精神大厦，开拓我们的精神旷野。因为，精神的宇宙，是如此的辽阔啊。

# 我的五样

老师出了题目——写下“你生命中最宝贵的五样东西”，我拿着笔，面对一张白纸，周围一下静寂无声。万物好似微缩成超市货架上的物品，平铺直叙摆在那里，等待你手的挑选。货筐是那样小而致密，世上的林林总总，只有五样可以塞入。

也许是当过医生的缘故，片刻的斟酌之后，我本能地挥笔写下：空气、水、太阳……

这当然是不错的。你不可能设想在一个没有空气和水的星球上，滋长出如此斑斓多彩的生命。但我很快发现自己陷入了困境——如果继续按照医学的逻辑推下去，马上就该写下心脏和气管，它们对于生命之泵也是绝不可缺的零件。结果呢，我的小筐子立马就装满了，五项指标额度用尽。想想那答案的雏形将是：我生命中最宝贵的东西——空气、水、阳光、气管、心脏……哈！充满了科普意味。

如此写下去，恐有弊病。测验的功能，是辅导我们分辨出什么是自我生命中最重要的因子，以致面临人生的重大选择和丧失时，会比较地镇定从容，妥帖地排出轻重缓急。而我的答案，抽象粗放，大而化之，缺乏甄别和实用性。

改弦易辙。我决定在水、空气和阳光三要素之后，写下对我个人更为独特和生死攸关的因子。

于是，第四样——鲜花。

真有些不好意思啊。挂着露滴的鲜花，那样娇弱纤巧，似乎和庄严的题目开了一个玩笑。但我真是如此地挚爱它们，觉得它们美轮美奂，不可或缺。绚烂的有刺的鲜花，象征着生活的美好和无可回避的艰难，愿有一束火红的玫瑰，伴我到天涯。

写下鲜花之后，仅剩一样挑选的余地了。刹那间，无数声音充斥耳鼓，啰唣地申述着自己的不可替代性，想在最后一分钟，挤进我珍贵的小筐。

偷着觑了一眼同学们的答案，不禁有些惶然。

有人写下："父母"。我顿觉自己的不孝。是啊，对于我的生命来说，父母难道不是极为宝贵的因素吗？且不说没有他们哪来的我，单是一想到他们会先我而去，等待我的是生离死别，永无相见，心就极快地冰冷成坨。

有人写下："孩子"。我惴惴不安，甚至觉得自己负罪在身。那个幼小的生命，与我血脉相连，我怎能在关键的时刻，将他遗漏？

有人写下："爱人"。我便更惭愧了。说真的，在刚才的抉择过程中，几乎将他忘了。或许因为潜意识里，认为在未曾识得他之前，我的生命就已存许久。我们也曾有约，无论谁先走，剩下的那人都要一如既往地好好活着。既然当初不是同月同日生，将来也难得同月同日死，彼此已商定不是生命的必需，未进提名，也有几分理由吧？

正不知将手中的孤球，抛向何处，老师一句话救了我。她说，这生命中最宝贵的东西，不必从逻辑上思索推敲是否成立，只需是你情感上的真爱即可。

凝神再想。

略一顿挫之后，拟写“电脑”。因为基本上已不用笔写作，电脑便成了我密不可分的工作伴侣。落笔之际我凝思，电脑在此处，并不只是单纯的工具，当是一种象征，代表我挚爱的劳动和神圣的职责。很快又联想到电脑所受制约较多，比如停电或是病毒入侵，都会让我无所依傍。惟有朴素的笔，虽原始简陋，却可朝夕相伴风雨兼程。

于是洁白的纸上，记下了我生命中最宝贵的五样东西——水、阳光、空气、鲜花和笔(未按笔画为序，排名不分先后)。

同学们嘻嘻笑着，彼此交换答案。一看之后，却都不作声了。我吃惊地发现，每人的物件，万千气象，绝不雷同，有些简直让人瞠目结舌。比如某男士的“足球”，某女士的“巧克力”，在我就大不以为然。但老师再三提示，不要以自己的观点去衡量他人，于是不露声色。

接下来，老师说，好吧，每个人在你写下的五样当中，划去相对不那么重要的一样，只剩下四样。

权衡之后，我在五样中的“鲜花”一栏旁边，打了一个小小的“×”字，表示在无奈的选择当中，将最先放弃清丽芬芳的它。

老师走过来看到了，说，不能只是在一旁做个小记号，放弃就意味着彻底的割舍。你必得用笔把它全部涂掉。

依法办了，将笔尖重重刺下。当鲜花被墨笔腰斩的那一刻，顿觉四周惨失颜色，犹如本世纪初叶的黑白默片。我拢拢头发咬咬牙，对自己说，与剩下的四样相比，带有奢侈和浪漫情调的鲜花，在重要性上毕竟逊了一筹，舍就舍了吧。虽然花香不再，所幸生命大致完整。

请将剩下的四类当中，再剔去一种，仅剩三样。老师的声音很平和，却带有一种不容商榷的断然压力。

我面对自己的纸，犯了难。阳光、水、空气和笔……删掉哪样是好？思忖片刻，提笔把“水”划去了。从医学知识上讲，没有了空气，人只能苟延残喘几分钟，没有了水，在若干小时内尚可坚持。两害相权取其轻吧。

也许女人真是水做的骨肉，“水”一被勾销，立觉喉咙苦涩，舌头肿痛，心也随之焦躁成灰，人好似成了金字塔里风干的长老。

我已经约略猜到了老师的程序，便有隐隐的痛楚弥漫开来。不断丧失的恐惧，化作乌云大兵压境。痛苦的抉择似一条苦难巷道，弯弯曲曲伸向远方。

果然，老师说，继续划去一样，只剩两样。

这时教室内变得很寂静，好似荒凉的墓冢。每个人都在冥思苦想举棋不定。我已顾不得探查他人的答案，面对着自己人生的白纸，愁肠百结。

笔、阳光、空气……何去何从？

闭起眼睛一跺脚，我把“空气”划去了。

刹那间好像有一双阴冷的鹰爪，丝丝入扣地扼住我鲠嗓咽喉，手指发麻眼冒金星，心擂如鼓气息屏窒……

我曾在海拔五千多米的冰山上攀援绝壁，缺氧的滋味撕心裂肺。无论谁隔绝了空气，生命便飘然而逝。一切只能成为哲学意义上的讨论。

好了，现在再划去一样，只剩下最后一样。老师的音调很温和，但执著坚定充满决绝。对已是万般无奈之中的我们，此语一出，不啻惊雷。

教室内已经有轻轻的哭泣声。人啊，面临丧失，多么软弱苦楚。即使只是一种模拟，已使人肝肠寸断。

笔和阳光。它们在纸上誓不两立地注视着我，陷我于深重的两难。

留下太阳吧——心灵深处在反复呼唤。妩媚温暖明亮洁净，天地一派光明。玫瑰花会重新开放，空气和水将濡养而出，百禽鸣唱，欢歌笑语。曾经失去的一切，都会在不知不觉当中悄然归来。纵使除了阳光什么也没有，也可以在沙滩上直直地卧晒太阳哇。

想到这里，心的每一个犄角，都金光灿灿起来。

只是，我在哪里？在干什么？

我看到自己孤独的身影，在海边寂寞的椰子树下拉长缩短，百无聊赖。孤独地看日出日落，听潮涨潮消。

那生命的存在，于我还有怎样的意义?！我执著地扬起头来问天。

天无语。

自问至此，水落石出。我慢而稳定地拿起笔，将纸上的“太阳”划掉了。

偌大一张纸，在反复勾勒的斑驳墨迹中，只残存下来一个固守的字——“笔”。

这种充满痛苦和抉择的测验，像一个渐渐缩窄的闸孔，将激越的水流凝聚成最后的能量，冲刷着我们的纷繁的取向。当那通道变得一夫当关，万夫莫开之时，生命的重中之重，就简洁而挺拔地凸立了。

感谢这一过程，让我清晰地得知什么是我生命中的真爱——就是我手中的这支笔啊。它噗噗跳动着，击打着我的掌心，犹如我的另一颗心脏，推动我的一腔热血四肢百骸。

突然发现周围万籁无声。人们在清醒地选择之后，明白了自己意志的支点，便像婴儿一般，单纯而明朗地宁静了。

我细心地收起这张白纸，一如珍藏一张既定的船票。知道了航向和终点，剩下的就是帆起桨落战胜风暴的努力了。

# 葵花之最

昆仑之吃
昆仑之喝
昆仑之眠
昆仑山上看电影
信使
葵花之最
离太阳最近的树
花圈

# 昆仑之吃

谈吃的文章，多半是讲某时某地有某种特殊的吃食或吃法，但我要写的昆仑山之吃，却是普通的东西普通的吃法，只因了海拔高的缘故，那留在记忆中的味道，便永生永世找不到伴侣。

二十多年前，我在喀喇昆仑山、喜马拉雅山、冈底斯山交汇的藏北高原当兵。如果把高原比作世界屋脊，我们所在的地方就要算屋顶上吻兽所处的位置，奇异而险峻。从山底下运来的蔬菜，被冰雪冻得像翡翠雕成的艺术品，用手指一碰，发出玻璃一样清脆的声响。给养部门在进行了若干次不成功的尝试之后，终于放弃了给我们运输鲜菜的打算，从此我们天长日久地与脱水菜为友，别无选择。

脱水菜无以辩驳地证明了一个真理：有些东西失去了便永远不能挽回。脱水菜失去的是普普通通的水，但你无论再给它多么充足的水，它都不能再恢复到原来的性状，依旧像柴禾一样干涩难咽。

最常用的食谱是脱水菜炒肉。平心而论，六十年代末七十年代初期，全国副食供应匮乏，但昆仑山上的肉食始终很充足。雪白的猪皮上扣着紫蓝色的徽章，标明产地，记得一次炊事班长一菜勺把一块紫色肉皮盛到我碗里，那戳证是紫药水打上的，可以食用，虽然煎炒，仍鲜艳灼目。我仔细端详了一下，认出“郑州”两个字，一张嘴，就把河南的省会咽到肚子里去了。以后记得还吃过几座城市，比如四川的绵阳、河北的石家庄。

山上也养猪。刚开始是从山下运上来仔猪。猪娃的高原反应比人还严重，它们又不懂事，身上难受，不像人似的知道安静卧床，反倒乱蹦乱跳，很快就口吐血沫，患高山肺水肿死去了。炊事班长每天看着泔水白白扔掉，心疼得不行，立志要在高原上养猪成功。后来，他托人从国境线那边换回来小猪崽，据说是印度种，山地适应性极好。小猪刚断奶，不爱吃食，他就冲了奶粉喂猪。顺便说一句，山上那时奶粉很多，从农村入伍的战士都不爱喝，说没有苞米面糊糊好喝，便眼睁睁地看着奶粉过期。印度猪很适应高原气候，很快长成一只大猪。山上气候恶劣，人们食欲很差，剩饭菜多，印度猪最后肥得肚皮耷拉下来擦着地，皮都磨破了。炊事班长便把它赶到卫生科的外科治疗室，叫护士给猪包扎一下伤口。猪便拖着粘着白纱布的肚子，在营区内悠闲地散步。

炊事班长对印度猪这么有感情，我们猜他一定舍不得杀它。“八一”的前一天，炊事班长却手起刀落，飞快地把印度猪给宰了。大家都问炊事班长怎么舍得，炊事班长奇怪地反问大家：养猪不就是为了吃肉吗！大家都说可惜了可惜了，昆仑山上见个活物不容易，有一口猪每天在外面走一走，也能叫人生出许多感想，怎么就杀了呢！过了“八一”，大家又都说印度猪的肉不好吃，说从小喝牛奶的猪没有农村里吃糠长大的猪味道好。这只普通的来自印度的黑猪，无论它活着还是死后，都使许多年轻的中国士兵想起平原，想起遥远的家乡。

营区附近有一条河，河深丈许，清澈见底。它是著名的印度河的上游，有一个美丽的名字——狮泉河，不知是指狮子像泉水一样地跑过来，还是泉水像狮子一样跑过来。总之这两种意境都美丽而雄奇，让人联想到洁白奔涌的景色。狮泉河使我怀疑一句古老的哲语——水至清则无鱼。狮泉河是高原万古寒冰所融的积水汇合而成，清冽得如同水晶，鱼群繁茂得如同秋天树叶飘落在马路上，有时一片河水被鱼背映得发黑。据老同志说，以前鱼群还要兴盛。汽车沿着河水浅的地方开过去，车轮碾过，便有两道宽宽的鱼带浮起，车辙由碾死的鱼标出。轮到我们戍边的时候，鱼已经没有那么多了，但依然稠密而愚笨。用曲别针弯个鱼钩，用一块生牛肉条挂在曲别针上，甩进河里，不消片刻，鱼就上钩了。

藏北的鱼不知归于哪一属哪一科目，色黑亮如柏油，肉雪白若膏脂。但不知是高原上人的胃口差，还是这鱼本身的问题，大家都不爱吃鱼。星期天的早晨，常有人披了军大衣在狮泉河畔垂钓。钓到了，便把那挣扎着的鱼从曲别针上摘下来，重新丢入沸沸扬扬滚动着的河水中。许多年后，听一位去过西方的朋友讲，那里的文明人类活得多么潇洒，常常把钓到的鱼再甩回湖里，钓鱼不是为了吃，而是为了消遣。我想早在很多年前，因为寂寞，我们也曾达到过这种境界，原来也曾潇洒过一回。

但是在高原上必须吃。吃了才有体力，才能在高原上屹立下去。我们的国家很穷，我们不是凭着强大的国力威慑住想更改国界的邻国，而是凭着人——敢在难以生存的险恶之中生存，以证明我们捍卫这块领土的决心。这便有了几分悲壮几分苍凉。我们这些边防军，是活的界碑，把身体养得强壮，便有了非同寻常的意义。

总后勤部给我们发了“六合维生素”，就是把六种维生素混淆在一起压成片剂，每一粒都光滑得像子弹。每天我们都一大把一大把地吞药，仿佛病入膏肓的老人。维生素到底有多大的效力，我不敢妄下结论。只知道在吃着维生素的同时，我们指甲凹陷、齿龈出血、口腔溃疡，头发脱落……对于人，最重要的是空气。因为氧气不足而出现的这一系列麻烦，只有用一分钱都不值的空气才能治疗。可惜，空气在高原是定量的。

为了保证大家吃好，挑选炊事班长的严格不亚于挑选一位军事指挥员。要能吃苦，会动脑筋，还需手巧。

我们的炊事班长是甘肃人。方头，两只眼睛的距离很远，身材高大。当我后来看到挖掘出来的秦始皇兵马俑时，自觉得为班长找到了祖先。

班长扛大米，嘿哟哟，一次能扛两麻袋。一袋一百斤，在高原上扛两袋，简直是找死，可他脸不变色心不跳。班长摇压面机，别人两个人握着摇柄，慢慢悠着劲转，高原偷走了小伙子们的力气，把他们变成举止迟缓的老翁。班长把机器摇得像一架飞速旋转的风车，面页子便像瀑布似的涌垂下来。

班长也很会动脑筋。用高压锅蒸馒头，要先在屉上刷一层油，这样才不粘锅。班长会把蒸锅内的水添得恰到好处，会把四个眼的汽油灶烧得恰到好处，两个恰到好处凑在一处，馒头熟了，水熬干了，高压锅残存的余热，将馒头底子煎得焦黄油润，仿佛北京“都一处”的锅贴。

这项操作是班长的专利。有不服气的炊事员想试一试，结果是差点使高压锅像颗鱼雷似的爆炸。

但班长也有很失算的时候。有一次，早上喝藕粉。昆仑山太阳出得晚，做饭时还得点上煤油灯。班长一手持灯，一手掌勺，灯火将他的半边身子映得透红，另半边还隐没在黑暗之中。他一俯一仰地围着锅台忙碌，将表层的藕粉汤舀出来，撇进泔水桶里。我看到班长奇怪的举动，问他这是在做什么？他长叹了一口气说藕粉的成色是越来越不行了，看，这里混进了多少草梗！我凑近那灯光，看清飘浮在藕粉中的一小朵一小朵金黄的桂花。原来这是新运上来的桂花藕粉，生在黄土高坡的班长从没见过这种精致的花朵，便以为是异物。

高原上气压低，水不到八十度就开，火候很难掌握。即使是班长挂帅，也常有误饭的事情发生。所以开不开饭，并不是以号声为准，而是看班长的眼色行事。每天到了开饭时间，大家便排着队走到饭厅前，立定，开始唱歌。唱毛主席语录歌、唱“我是一个兵”，等等。通常是三五支歌后，系着白围裙的班长从灶房里钻出来，梧桐叶子一般大的手掌一挥，就解散开饭，大家作鸟兽散了。有一回，不知是出了什么纰漏，我们整整齐齐地列队唱歌，唱了一首又一首，大约过了半个多小时，还不见炊事班长出来挥舞他梧桐叶子一样的大手，大伙都饿得有气无力了。

负责起歌的是一个四川籍小个子兵，他终于卡了壳，再也想不起有什么歌子可唱了，说没有歌了，咱们就这么干站着等吃饭吧！大家说你就随便起个歌吧，不是有那么多革命样板戏唱段吗，你起个头，我们一准跟你唱就是。小个子兵抖抖嗓子，大声领唱了一句：“想那当初，老子的队伍才开张……”

革命样板戏的反复灌输，使我们对每一段唱腔都倒背如流。大家一听到这熟悉的曲调，不假思索地异口同声地随他引吭高歌起来。于是样板戏的唱段就在冰峰雪岭之间回荡缭绕。

炊事班长像失火一样从灶房里跑出来,大手刀剁斧劈地往下砍,大吼了一声:唱什么唱!开饭啦!

直到这时,许多人还没意识到大家齐声合唱了一段反面人物的唱腔。饥饿终究是世界上最有权威的君王,大家一哄而散了。

后来,听说领导要追查小个子兵的责任。炊事班长晃着眼睛间距很宽的方脑袋说,那天的责任全在他。因为饭开晚了,小个子兵饿糊涂了,完全是昏唱。

因为班长很有人缘,事情就不了了之了。

每天吃中午饭的时候,“解散”的口令一下,最先冲进饭厅的一定是河南兵,像杀敌一样英勇。

河南人大概是最爱吃面食的人。一百斤面粉比一百斤大米要更占地方。运输部队便运来大量的米和少量的面。只有每天早餐恒定是吃馒头,晚上有时吃面条,其余的空白便均由大米所充填。班长在农村是挨过饿的人,最怕做的饭不够大家吃,早上的馒头便总有富余,剩下的中午热了再吃。河南兵就是冲这几个剩馒头去的。班长是个很讲“不患寡而患不均”的人,他觉得馒头总让这几个河南兵抢走了,就是对别人的不公。他没有办法阻止河南兵抢馒头,但他有权力使点小计策让河南兵们的努力失败。米饭是一屉一屉蒸的,他把那几个馒头神出鬼没地分散在各屉里,这样晚到的人也可以在最后一屉的角落里突然发现一只馒头。有一次,真不巧,河南兵因为找不到馒头,只得悻悻地填饱了米饭离开饭厅,馒头突然出现时,在场的人又恰好都是爱吃米饭的。宝贵的馒头反而像大海中的岛屿一样,孤零零地剩在空屉里了。大家埋怨班长，班长胸有成竹地将剩馒头收起来。晚饭的时候，他把馒头端端地摆在最高一屉。河南兵对馒头的热爱是经得住考验的，他们热烈地欢呼，把剩下两顿的馒头狼吞虎咽地吃光了。

记忆的冰川在岁月的侵蚀下，渐渐崩塌消融。保持着最初的晶莹的往事，已经越来越稀少。班长、四川兵、河南兵们的名字，被我在遥远的人生旅途中遗失，也许永远找不到了。但这些与昆仑之吃有关的片断，却像狮泉河底的卵石，圆润可爱，常常带着高原凛冽的寒气，走入我的月夜。

我已经近二十年没有吃到脱水菜了，有时候还真想再吃一回。

# 昆仑之喝

"喝"这个字好像被酒给垄断了。只要说到喝，后面就拖着长长的酒尾巴。

其实凡是液体入喉，就算作喝。人一生最大量最平凡的是喝水。（听说澳大利亚那地方宽裕得把牛奶当水喝，不在此列。）因为太普通，喝水就成了不值一提的俗事。

但若到了奇特的地方，简单的事变得棘手复杂，就又可以写一写了。

二十年前我在藏北高原工作。那里是喀喇昆仑山、冈底斯山、喜马拉雅山三头银色公牛抵犄角的角斗场，海拔平均在五六千米以上。人们常把青藏高原比作世界屋脊，那我所呆的地方就要算屋檐上系风铃的地方了。

我们一年到头穿着厚厚的棉衣，像一群松软的面包。缺氧使大伙干什么都无精打采，高原像小偷盗走了青春的力气。更古怪的是锅里的水不到一百度就沸腾，没有切身体会的人，不知道它的玄妙。

我第一次明了它的确切含义，是看到一个女孩把滚开的水往脚上浇，她在洗脚。我想她的皮还不得跟褪鸡毛似的，脱下一块来？没想到她惬意地甩着水，连说舒服舒服，你也来试试。那水其实只有六十多度，虽说开得哗哗叫，并无平原上沸水的杀伤力。盛名之下，其实难副。

我们每天喝的就是这种六十度的开水。为了节省焦炭（运到山上的焦炭比上好的白面还贵得多呢），由食堂统一烧。吃罢晚饭，大师傅用炊帚把刚炒过菜的大铁锅胡乱刷刷，咣咣倒进几大桶雪水，煮开水的漫长过程就开始了。他总不乐意把锅刷干净，因为小时候家穷，有油星的锅是富足的表现，留着下顿饭接着滋润。

人们提着暖壶，拎着水舀子，麇集灶边。袅袅的水汽从裂了缝的木锅盖升起，好像有一大炷香在锅内燃烧。

需要耐心地等，这个过程大约四十分钟。你不可走远，因为水不多。抢不到水，你就会成为一晚上的撒哈拉大沙漠。水舀子也很重要，像古时做官的印玺，要牢牢掌握在自己人手里。假如水开了，你有壶没有舀水的家伙，岂不急煞人。又不兴随便拿个茶缸就能伸进锅里舀水（你就是把杯子洗了又洗也不成，这就是昆仑山的规矩）。水舀子就那么一两个，有数的，这人用完了给下个人用，好像火炬传递。你要是灌满了自己的暖壶，不把水舀子给紧靠在自己身后排队的人，而是遥相呼应，给了远处跟自家亲近的人，叫他先打上了水，大家嘴上不说什么，心里很鄙视你。就跟今日的以权谋私裙带风任人惟亲似的。

水好像不是被灶下的火焰而是被人们焦灼的目光烧开了。那情形像有一条小鱼翔在锅底，渐渐长大。先是搅起轻轻的涟漪，迅即膨胀，直到用尾巴砸出大朵浪花，高原上的开水煮熟了。

这个历程不能撩起盖子看。一看三不开。常有性急的人说，怎么还不开？不待别人阻拦，嘭地把大木头锅盖掀开了。汪着油花的水面像巨大的眸子，凝然不动。他叹口气，重把锅盖像被子似的给水捂严。要等片刻，才会有柔弱的水汽再度溢出。水叫人看了这么一回，就给你推迟两分钟开。要是哪个晚上多碰上几个这样的弟兄，开水就会怠工许久。

其实先舀到开水的人不上算，表面的浮油都被灌进暖瓶里了。这种水在瓶胆里一捂，会泛出熬萝卜般的熏臭，与沏茶极不相宜。

于是要喝茶就自己煮。高原上的人都有硕大的搪瓷缸子，其规模相当于五磅暖瓶的下半截。抓把茶叶扔进缸子里，炖在火炉上，像熬中药似的焖着。高原上的火因为缺氧，永无热情奔放的时候，总是阴险地沉默着，一副紫蓝色忧郁的脸膛。

高原上爱饮浓浓的砖茶。从医学的角度看，老茶叶里茶碱含量高，对人的心脏和呼吸系统有良好的兴奋作用，可以帮助适应缺氧，当是人们喜爱它的主要原因。倘若换了鲜鲜嫩嫩的龙井毛尖，只怕在如此的煎熬下顿失颜色。

高原人也喝酒。到藏族老乡家串门，主人总要敬上青稞酒。青稞酒基本上是无色透明的，并不是想象中的淡绿色。初入口时微甜，像醪糟，但不可小看。据行家们说，这酒后劲大，上头。藏胞淳朴，斟满的银碗高举过头，目光炯炯地注视着你，由不得你不喝。于是一仰脖，很豪爽地把一杯饮净，自觉尽到了心意，把银碗端端正正地放下。

没想到主人以迅雷不及掩耳之势斟满第二杯青稞酒，依样画葫芦，又敬了上来。记着行家们的嘱托，不敢再饮。但主人执意要敬，推推拉拉，大家像在练太极功夫，好不热闹。

后来听翻译说，倒是我错了。若不打算喝了，就在碗底留点酒，主人知道你已尽兴，就随你的意了。像你这样一饮而尽，把酒碗舔了个精光，就是好汉一条豪饮一番的表示了……

原来是这样！

工作部门里也喝酒。都是年轻人，逢年过节时，每十人算一席。每席一瓶白酒，多为西凤酒。一瓶果酒，多为樱桃酒。多少年来，这两个品牌永不变换。我想一定是某年某月商店里盲目购货，压在库里。于是年复一年节复一节地总用老面孔犒劳我们。

女孩子们一桌，望着这两瓶液体不知如何是好。西凤为中国十大名酒之一，想来性烈，是断乎不敢喝的。樱桃酒呢？儿时唱过：樱桃好吃树难栽。心想由那么难成活的树长出的美丽的果子酿造出的酒，准是好喝的。于是我们每人斟了一茶缸底子，黑糊糊的，像是咳嗽糖浆。我至今不知那酒是个什么度数，喝到肚里的也只有一墨水瓶那么多（你想啊，十个人分一瓶酒，一个人会有多少？太多了不是多吃多占了吗？）。但十分钟后，我就觉得面前的桌子和人都奇怪地漂浮起来，好像脚下是一片水……

我不知道这叫不叫醉酒。只是我从此后再也不敢去试任何一种含有酒精的饮料了。我的家族是不善饮的。我父亲曾说过我弟弟，喝一口酒连脚指甲都会红。弟弟在场面上练了多年还毫无长进，我等就死了这条心吧。

剩下孤孤一瓶西凤。怎么办呢？

找他们男孩们换一盘菜来吃！不知谁提议，众人皆赞成。于是公推一伶牙俐齿的姐妹到邻桌去交涉，大家就眼巴巴地等着吃。

片刻之后，使节归来，手里仍是拎着满满的酒瓶。吓！他们还不换？一瓶西凤多少钱？一个菜才多少钱？再说平常喝得上酒吗？他们不换可是太傻了。没想到男子汉还这么抠门！女孩子们大叫。

使节忙说，不是的！不是的！他们看见酒，眼睛都瞪得像瓶底一样圆。只是我看他们的菜都快吃光了，换了咱就不值了，所以完璧归赵。

原来小气的是我们不是他们！只是这原封未动的一瓶烈酒，女孩儿留着又有何用？随着时间一分分流逝，邻桌碟子里的货色越来越少，假如贸易，我们的逆差就越来越大。

我们气愤地盯着男子汉风卷残云般地吃菜，心痛得厉害。觉得他们是把原属于我们的东西给霸占了。

我看见他们桌上的香蕉罐头还没有动。你们看合不合算？使节的大眼睛除了水灵灵的好看，还真侦察到情况。

男子们多是西北一带人氏，对香蕉这类亚热带水果，抱半信半疑的敷衍态度。况且剥了皮的弯弯蕉体泡在浑黄的液体里，形象也不雅。

不值不值！我们说。

可惜时不我待，女孩们用眼的余光瞟着，各桌上的残羹剩饮越来越单薄。

换啦！我们悲壮地说。我们每人分吃了半截香蕉(没多少，不够一人一条)，又喝了浑黄色的罐头汤，觉得还不错，起码比辣乎乎呛人的白酒好多了。

下一个节日又像候鸟似的降临。

嘿！女娃子们！我们用香蕉罐头换你们的酒！刚开席，就有男子汉找上门来，商讨以物易物。

好嘞！换啦！我们快活地答应，为早早打发掉透明的液体而庆幸。

喂！我们来换你们的酒……又有几个小伙子摇着罐头瓶造访。

晚啦晚啦！谁叫你们现在才来！女孩们幸灾乐祸地指责后来者，自己也有点后悔，想不到贸易形势这样好，刚才应该要个高价，一瓶酒换两瓶香蕉罐头的。

亏了亏了。下次要沉着点，待价而沽。我们互相眨着眼睛。

真糟糕！小伙子们懊丧地搔着后脑勺，只好打道回府。

哎！把你们的香蕉罐头拿走啊！我们指着他们遗留下的罐头瓶子，大声叫喊。

罐头吗，既然你们爱吃，我们就不要了！他们头也不回地说。

男孩子和女孩子就是不一样啊！

从此，每一次会餐，我们总是随随便便把西凤酒送给任何一个邻桌的小伙子们。从此，每一次会餐，我们女孩子的桌上都有许多瓶香蕉罐头。

记得有一次，居然我们每个人都平均得到了一瓶香蕉罐头。那一天的会餐，好像成了会香蕉。

我们举着浑黄的罐头汤，豪爽地干杯，把罐头瓶碰得叮当乱响，喝了个一醉方休。

# 昆仑之眠

上昆仑山的时候，我们坐的是大卡车。齐着车厢板垛满麻袋，每袋二百斤大米。坐在上面，透过棉裤，感觉到蚂蚁般的米粒随着颠簸的山路蠕动，好像一摊活物。

一路上，老兵不断地问：有了吗？

我们说：没有没有呢。

老兵说：到晚上睡着就有了。每个兵站后面都有一大片烈士陵园，有好些就是先在床上睡着了，后来就睡到那儿去了。

昆仑山上的睡眠是头妖怪。

我们这些初次上高原的小女兵，就坐在大米麻袋上恐惧地等待昆仑山上的第一个夜晚。

老兵们说“有”的那种东西，叫做“高原反应”。会让你的口鼻像螃蟹似的冒出粉红色的泡沫，皮肤泛出紫蓝色的网纹。最后你丢掉所有的体温，成为冰山的一部分。

我们那时只有十六七岁，虽说也感到轻微的不适，都像否认有偷窃行为一样否认高原反应。那还是一个以为否认就能挽救一切的年纪。

到了兵站睡觉的时候，老兵说，高原反应是一定会来的，别看你们年轻。夜里头疼得实在受不了，可以用背包带子在额头上勒两圈，越紧越好。偏方治大病。

我躺在坚硬如铁的兵站枕头上，焦急地等待头疼。当它真的像春雨一般润物无声地降临时，我欣喜地发现它并没有想象中神奇。高原反应是一种像铅色绸缎般柔软而粘稠的东西，裹住你的大脑，使它晦涩地滚动。勒住太阳穴的确管用，好像在脑汁里滴了明矾，清凉多了。

当我的昆仑第一眠醒来后，发现兵站久未洗过的枕巾依旧在我的头颅下散发着男人的汗味，高兴极了。我原本以为自己再也看不到枕巾上花里胡哨的图案了。

以后我在昆仑山度过了无数个夜晚。这话有些不准确，其实是可以算得清的。我们现有严密的历法，一万年以后的某天都可以算出是星期几。区区十年有什么算不清！但我不愿去算。睡眠和死亡曾经在我脑海中不断淤积，到达了感觉上的极限。

我们的营区海拔近五千米。这还是在正常的日子。碰巧赶上拉练，就要再高许多。高寒高寒，它俩是双胞胎，高了就必然寒。高处不胜寒。

分配我们睡的是铁床，类似城市居民几代同堂时买的那种折叠床，是用铁片做的。一代又一代士兵的碾压，很多铁片断裂了。我们没有铁丝，就用麻绳把破损处连缀起来。躺着的时候，可感到一处又一处的凹陷，好像趴在打断了肋骨的母亲身上。

床上只铺一条薄薄的褥子。褥子是旧的移交品，发给我的时候很脏。我用清澈的雪水洗了一遍又一遍，晾晒在太阳底下，还是疤疤点点。我大声说，这褥子以前的主人一定是个汽车兵，撒了这么多的汽油。一个大点的女兵慌忙掩了我的口，说，别囔。那是男人尿下的。我这才茫然住口。

褥子菲薄，透过床单可以看到铁条嶙峋的形状。上级动了恻隐之心，给每人发一条草垫子。稻草的，黄黄的，软软的，叫人想起一个好收成。大家乐得吸了不少冰雪浸透的凉气。只是草垫子比我们的铁床要长，需铡去一段。那些日子，军营里像是饮牲口的料场，到处飘散着针尖似的草芒。

拉练露营的时候，当然不能带草垫子。我们先把雨布铺在雪地上，再打开被子睡觉。我第一次这么睡的时候，心想第二天爬起来还不得满身泥浆？没想到干干爽爽地起床，掀开雨布一看，雪絮洁白松软，仿佛刚刚自九天坠下。微薄的体温就像一杯水倒进太平洋，早已融进酷寒。

听说地方政府派来的慰问团，看了战士们的艰窘，调拨来了一批狼皮褥子。但数量有限，平均十个人才能分一条。

我急切地盼望着狼皮褥子的到来。不是巴望着能分我一条，而是想看看真正的狼皮是个什么样子。

终于来了。分到我们班里的那条狼皮褥子是黑色的，裁制得方方正正，同单人床一般大。皮毛上可以看出很明显的接缝，但颜色非常接近。远远看去，完全可以认为它来自一匹孤独的巨狼。毛缕很长很硬，纷披而下，发出苍蓝的闪光。我伸手摸摸它们，光滑而润泽。我突然记起小时被父亲高高举起，抚摸父亲头发时的感觉。

大伙一致决定把狼皮褥子分给一个瘦弱的农村来的女孩。因为她的铁片床塌得最不成样子，又靠门。她恰好不在，我们七手八脚地给她铺好了，每个人都躺到她的床上试了试。大家都说，狼皮真暖和。

她回来后一眼看到床边垂的狼毛，就哭了。

大伙忙说，别在意，我们都已经享受过了。

她说，你们这不是咒我死吗！我是属猪的，我妈自小就叮嘱我，一定得避狼！

我们重新决定狼皮褥子的归属，决定轮流铺，一人若干天。

昆仑山上的夜极其黑，但是很不安宁。三百六十五夜，大概三百五十天有风。风像排着队的疯婆子，用干枯的手，把旷野上的一切孤立之物，都变成弹拨的乐器。它让石屋发出呜咽的共鸣，它让电线空竹般鸣叫。它把士兵偶尔丢弃的空罐头盒，从地面嘘上屋顶。在飞翔的过程中，随意拨弄它们的位置，罐头盒就像硕大的口哨，吹出空袭警报的锐音。甚至石头也会发出怪兽般的抽泣。那一定是石头内的缝隙被风挤压了，痛苦地呻吟。

我们因此练就在喧嚣中酣睡的本领。当我离开高原回到城市，突然发现城市的夜晚是那样寂静。汽车喇叭和锅碗瓢勺的交响，实在是隔靴搔痒的皮毛。和昆仑山真正的钢鼓乐队相比，城市只是一支短笛。

昆仑之眠是充满陷阱的黑洞，许多人在梦中永不复返。盖因睡眠时人的抵抗力减弱，犹如不设防的城市，死亡的偷袭格外成功。时时听到某人睡着睡着就过去了的传闻。我们每天早上起来见大家都还活着，心中充满重新诞生的快乐。

有一次，女兵在半夜里突然接到电话，要为一个突然死亡的战士扎个花圈。（顺便说一句，昆仑山上所有的花圈都由我们来扎，因为女孩与花有缘。）我们说，什么时候死的？电话说，刚刚。我们说，打仗死的？电话说，不是。我们说，睡死的？电话说，也不是。我们说，那还有什么死法呢？是真的死了么？电话说，死得叮叮当,再没有救的。睡着睡着紧急集合。哨子一响,这小伙子一个箭步蹿起,但立即就扑倒在地,死了。

我们为他扎了一个大大的花圈。从此高原上有了一条不成文的规定:只要没有战争,夜里不搞突袭式的训练。

想在昆仑山上安眠,有一个高枕头是十分必要的。当战士的囊中羞涩,只有几件换洗衣服裹在白包袱皮儿里当枕头,垫不到无忧的程度。特别是洗澡之后,干净的穿在身上了,脏的泡在盆里了。空包袱像个扒净了五脏六腑的咸鱼干,晒在床单上,很寥寂的样子。

一天,我对卫生科长说,我想借您那本实用内科学看。

科长说,你有这个志气很好。只是你现在最该看的是卫生员手册。巴甫洛夫教导我们说,科学应该循序渐进。

我说,敢想敢干。试试吧。

在很长的一段时间里,我枕着实用内科学酣眠。我后来成为一名相当不错的内科医生,坚决同这有关。

战士的被子在露天看电影的时候,是要用背包带捆起来,当小凳子坐的,特别易脏。当我决定要洗被子的时候,同屋的战友都佩服我的悲壮。因为我没有大盆,也没有搓板。在小小的脸盆里凭着手搓那么大一堆没头没脑的布,时至今日,连我也赞叹那时的英勇。

星期天起了个绝早,先看看太阳,是不是好天。因必得当天洗,当天缝起来,要不夜里就没东西盖了。

我把被套拆下来之后,发现一个大秘密——草绿色的被罩要比白花花的棉絮长出半尺有余,窝着掖在里面。

属猪的女友说,多好的一块布。这不是浪费吗?

我点头，觉得她说的极是。

你把它铰下来，补个衣领后屁股蛋什么的，岂不是上好的补丁。她说。

我想想有理，操起家伙就剪。

她说，你不等等？洗完了晾干再剪不迟。

我说，那么大一坨，怎么洗！剪开了分两段，不是好洗吗。

她一边说着那也不差这一点，一边帮着我把被头连里带面裁下一圈。待到晚上，我把干了的被罩拿回来缝时，才发现大事不好。原来那富裕出来的一截布并非无用，是预备被套缩水的。现在被套像件童年的衣服，遮不住棉絮丰满发育的身躯，恰短半尺。

怎么办？我和属猪的女孩面面相觑。

把裁下的那块布再缝上去。有人说。

那还行？我连连摇头。那工程简直能绕地球一圈，对于拙于针线的我，真是可怕的命题。

还有一个办法。属猪的女孩说。

什么办法？我迫不及待地问。

把棉絮也铰下来一块。她说。

多么好的主意！我快活地大叫，她总是那样地与众不同！我搂着她跳了起来，但只跳了两下就停顿。缺氧不允许我们激烈地表达兴奋。

说干就干。

在以后漫长的岁月里，我一直盖着比别人短一截的被子。它使我在严寒的冬天(昆仑山其实也没有别的季节)吃尽苦头。但是我从来不说，我怕那个属猪的女孩以为我在埋怨她。

因为被子格外地不御寒，我就特别爱晒被子。公平地说，高原的太阳虽然不暖和，但含有丰富的紫外线，有春天的气味。晚上蜷在里面，像扎在麦秸垛里一般惬意。

不过班长不让我老晒被子。她说，你的被子本来就比别人的短，叠起来就不好看，刚晒完的被子，囊得像个面包，哪还拍得出横平竖直的线，影响军容风纪。

于是晒被子的日子就成为我奢侈的节日。我会早早地钻进被子，让那个夜晚抻得很长。我会看到阳光毛茸茸地刷着我，白色的蒲公英粘在睫毛上，一只金色的蜜蜂在我耳边飞……

# 昆仑山上看电影

看电影,挺平常的一件事。可到了海拔五千多米高的藏北高原,这件平常的事就有点不平常了。

二十多年前,我在昆仑山上当兵。部队上千号人,没有那么大的场地,就在平坦的河滩上矗两根杆子,绷上幕布,露天电影院就算搭成了。没有椅子,就把背包垫在屁股底下。打背包的材料,在天暖的时候,我们就用皮大衣。既挺实又防寒,而且高度适宜,蜷着腿挺舒服。但天气太冷的时候,就得把皮大衣穿在身上,由被子来充当椅子的角色。被子薄软,背包带一刹,只有寸把厚。屁股蹾下去,砸扁了棉花,人蜷得像个蜗牛,电影还没演到一半,腿就麻软了。治腿麻最好的办法,就是不理它,由它麻去。要是一理它,痒痛难耐。就算暂且好一些,一会儿又是老样子,白费劲。

幕布要在杆子上绑得平直,演出电影来才好看。有时天气太冷,放映员绑幕布的时候使不上劲,幕布就垂着,好像兜了汤水的网袋,沉甸甸地悬挂在昆仑山宝蓝色的夜空。遇到有风的日子,幕布又会像鼓面似的紧张起来,嘭嘭作响。弧形幕布上的人影有轻度变形,好像隔着玻璃杯看人那样。首长们坐在中间,人脸走形得不厉害,还可凑合。小兵们坐在偏远的角落,银幕上的人或是脸狭长如韭叶，或是如猴吃枣似的，腮帮子鼓起一块。一次一位首长半路出去方便，回来时迂回入场。看见白幕上的英雄人物，“远近高低各不同”。遂发令以后要把幕布绷得铁皮一样紧，再不许渔网似的松懈。打这以后，大家才算看上了比较真切的电影。有一次演到半截，突然起了风暴，幕布的一角像风筝似的滑脱。正在放映的人脸飞翔在天空，银幕变成哈哈镜。

昆仑山上看电影也有特殊的乐趣。那时全国都在批判毒草，除了样板戏别的电影都不让演了。但昆仑山上攒了一大批旧拷贝，没人追究。原来藏北高原路途遥远，边防哨卡像图钉似的楔在山坳之中。运上来一次电影胶片，车拉马驮的，费尽了周折。而且在高原转过一圈的拷贝伤痕累累，军区工作站总是最后才把片子送上来，送来了就不打算再要了。高原像一处平静的死港湾，当别处都沐浴在风暴中的时候，这里竟泊着一堆奇异的财富。

边防军人们对样板戏倒背如流以后，强烈要求把以前的旧影片拿出来“批判”。最先开禁的是豫剧“朝阳沟”，因为部队里的河南兵最多，因为最高的部队首长是河南人。一时间，“咱两个在学校整整三年”——剧里银环和栓保的对唱响彻军营。不但河南人唱，河北人也唱，广东人上海人都唱。我敢打赌，豫剧在它的本土以外，从没有这样的发扬光大过。

有一天我正在看《卫生员手册》，放映员走来看病。我就把书窝了一个角放下。他说，我送你一截电影胶片吧。我说，我要一截胶片干啥使呢？我也不放电影。他说，你把胶片截上两寸长的一段，拴上彩毛线，夹在书里，就是上好的书签。我说，那好是好，可电影不就断片了？他说，不碍的。电影一分钟过几十格，我把断头细细粘上，看不出来的。你就说你喜欢哪一截人和景吧，我这就给你铰去。我说，那好，我就要《海鹰》里王晓棠演的那一段。他说，咱的《海鹰》片子太老了，拷贝上有划痕，做成书签不好看。换《红色娘子军》吧，新来的，颜色可鲜艳了。我说，行，就按你说的办。我要吴清华逃出牢笼，“倒踢紫金冠”动作里腿最高的那一段。

他很快拿来了一个纸包，里面是几幅“倒踢紫金冠”。

恰好那天晚上就是高原上首次放映芭蕾舞剧《红色娘子军》。我紧张地盯着银幕，生怕吴清华在逃跑的路上，因丢了“倒踢紫金冠”而意外地跌上一跤。还好还好，女奴隶跑得十分顺利，每一个动作都炉火纯青，看不出一点剪接的痕迹。

我把妈妈给我织的毛背心拆下一截，把果绿色的毛线破成四股，毛茸茸的如同水草。我把草叶拴在胶片的齿孔上，果然制出极别致美丽的书签。

有的电影看过几十遍了，一听说还是看这个电影，大家依旧挺高兴，早早地绑起被子来等着集合。因为要是不看电影，就得学报纸。

# 信使

我十七岁的生日，是在藏北高原过的。那天，正好是军邮车上山的日子，这个生日便像美丽的项圈，久久地悬挂在我胸前。

喜马拉雅山、冈底斯山、喀喇昆仑山，像三柄巨大的棱锥，将我所在的部队，托举到了离海平面五千多米的高度。我的生日在十月，这正是平原上麦秸垛金黄而干燥的时光，昆仑山却已万里雪飘。就要封山了，封山是冰雪发出的禁令，我们将与世隔绝到春天。

战友们把水果罐头汁倾倒在茶褐色的刷牙缸里，彼此碰得山响，向我祝贺。对于每月只有一筒半罐头的我们来说，这是一场盛大的庆典。

但心中总有淡淡的悲愁——我想家。

一位白发苍苍的老医生对我说：也许军邮车今天会来的。

你骗人！我大叫。有时候猛烈指责别人说谎，其实是太渴望那消息真实。

军邮车大约每月从新疆喀什开上昆仑山一次，日子并不准，仿佛一只来去无踪的青鸟。老医生戍边多年，他的话有时像符咒一样灵验。“每年封山前上山的最后一辆车，总是军邮车。山下的人都知道我们的心。”他晃着满头的白发，像一丛银针。

那天夜里，军邮车像破冰船一样，跋涉五天，英勇地到了，整个军营为之沸腾。我们真想欢呼，但军人只有打了胜仗才允许欢呼，我们屏住气盯着一处房舍。房舍门口站着两个威武的士兵。因为曾有一次，迫不及待的边防军人们跑去抢信，从此在军邮车到来的日子，分拣信件的房间便加站双岗。

各单位取信的人站在房外，一取到信就像古代的驿马接到加急文书，拔腿就跑，送给望眼欲穿的人们。

在高原上奔跑，不是一件轻松的事。这活儿一般都分给腰细腿长的年轻人，但白发苍苍的老医生执拗地要做这件事。知情的人私下里说他家中有很老的双亲、很弱的妻子、很小的孩儿，相信比别人更甚。

老医生说，有一年封山的时间格外长。半年后军邮车首次上山，信件一直摞到分拣人的胸前。他们在信海中游走，呼吸都很困难。

老医生抱着一大摞信，我们扑上去抢。那时候干部去干校，知青接受再教育，妻离子散的多，信件也格外多。每个人都像蜘蛛一样，吐出思念思索的长丝，织一张自己的情感信息之网。

霎时老医生手中就空了，接下来是刷刷撕信，信皮的断屑潇潇而下。

我最先看的是父母的信。仿佛有一只温暖而柔软的手，从洁白的笺纸中探出来，抚摸着我额前飘动的乌发，心便不再凄然。

再看同学和朋友的信。我的同桌此刻在遥远的西双版纳，信中夹了一朵花的标本。她说这是景洪最美丽的花，有沁人肺腑的香气。夹花的那页信纸留有大片紫色的痕液，想象得出花盛开时的娇嫩。我低头嗅那被花汁浸泡过的地方，哪有什么香气，有的只是纯正而凛冽的冰雪气息缭绕其中。

我连夜回信。平常日子，营区是柴油发电机供电，每晚只亮两个小时，然后就像木偶人似的眨几下眼睛，熄灭了。军邮车一来，首长便传令延长发电时间，以利于拣信和回信。首长其实也很盼信。

同屋的女兵嘤嘤地哭了起来。她的小侄子病了。我们都放下笔去劝她。然而女孩子常常是这样：越劝越哭得欢畅。

老医生悠长地叹了一口气："告诉离得这么远的一个小姑娘，孩子的病就能好了吗？我家里人是从不这样的。"

不一会儿，女兵停止了哭泣，因为从老医生送来的第二批信中她得知小侄子的病已经好了。

"要有经验。"老医生说，"把信全拆开，码饼干似的排好，从最后面的看起，前面的只能做参考。"

这自然是至理名言。这么办，时间长了，我们也发现了弱点。好比一本回肠荡气的小说，快刀斩乱麻先看了结尾，再回过头去细细咀嚼，便少了许多悬念和曲折。

那一次军邮车上山，老医生没有收到一封信。按照他们家的逻辑，没有信来也许就是出事了。他的忧郁持续了整个冬天。

在这海拔五千米的高原营地，每逢有人下山，就会挨门挨户地问："我要走了，要不要带信？"哪怕是平日最猥琐的人，在这件事上也绝对平和而周到，这是高原的风俗。

有时候突然写好一封信，又不知谁能带走，就在吃饭人多时喊："谁能下山，告我一声。"一次，一个素不相识的人对我说："我知道你父亲的名字。""你看过我的档案？"我问。"不是。几年前我为你带发过家信。”我已经完全记不得是托什么人又转到他手中的，于是赶忙表示迟到的谢意。

在我十七岁生日过去半年的时候，收到了西双版纳同学的回信：“那朵花怎么是紫色的呢？它是雪白的呀！而且，绝不可能没有香气！”

信是老医生送来的。这是开山后的第一次通邮，他也很快乐，他的家里寄来了平安信。有时候他又突然疑惑，说他家会不会有什么事瞒了不肯告诉他。我们都说不会不会，你是家里的顶梁柱，他们离了你，根本就办不了事，怎么会瞒你！他也觉得很有道理，心宽许多。

终于，轮到他探家了。很早就告诉我们：他下山时专门预备一个提包，为大家装信。我便对着昆仑山皑皑的冰雪，咬着笔杆，从从容容地写了大约三十封信，每一封都竭尽我的才能。

我双手捧着这摞信，郑重地交给老医生。他的白发在雪峰的映衬下，晃动得像一盆水中的粉丝：“你放心好了！我到了山下第一件事就是为大家发信。假如回信快的话，下次军邮车上来，你们也许就能收到回信了。”

他走了。军邮车像候鸟，飞来一次又一次，但那三十封信却一封不见回音。原来他下山乘坐的车翻了，这在高原是很平常的事。熊熊烈火吞噬了他银发苍苍的头颅，那个装满信件的旅行包，顷刻之间化为青烟。

那三十封信，只有给父母的那封信，我重写了托人发出。给其他人的，便再也提不起兴致。只要抓起笔，老医生的白发就在眼前灼目地闪动，眼珠便发酸。大团大团的冰雪，在我胸臆中凝结。

后来，在老医生的追悼会上，我才知道他的生辰，远没有我想象的那样老。满头灿然的白发，是昆仑山馈赠他的不能拒绝的礼物。

他死了以后，军邮车还带来过他的家信。我第一次注意了一下地址：是广西一个很偏远的小城。又在地图上仔细寻找，那地方在北回归线以南，属于热带，该是非常炎热的。老医生的家乡，距离昆仑山，大约有一万五千里。

那封迟到的信，边缘已经磨损，好像烙熟又蒸了几遭的馅饼。几处裂口的地方，被薄而坚韧的透明纸粘贴过，上面打着蓝色的印章：“邮件已破，军邮代封。”

不知这是否是封报平安的家信？

# 葵花之最

二十年前的那个春天，我是在昆仑山上度过的。

昆仑山其实只有一个季节——冬天，春节过后那段漫长而寒冷的日子被称之为春天，这是我们这帮小女兵从平原家中带来的习惯。

快到“五一”了，冰封的道路渐渐开通，春节慰问品运到了。五颜六色来自五湖四海的慰问袋最受欢迎。小伙子们希望从绣着花的漂亮布袋里，摸出一双精致的鞋垫，做一个浪漫的梦。姑娘们没有这份心思，只想找点稀罕的吃食，打打牙祭。整整一个冬天，除了脱水菜和军用罐头，没有见过绿色。可惜，关山重重，山路迢迢，花生走了油，瓜子变哈喇，沙枣颠成粉末，面粉烙的小馃子像出土文物……

突然闻到一股奇异的清香。

那是一个绣着黄色“八一”和红色五星的小白口袋。针脚毛茸茸的，绣活手艺不高，想必出自一个笨手笨脚的胖姑娘。

打开一看，是一袋葵花子。颗颗像小炮弹一样结实，饱满得可爱。我们每人抢了一把，一尝，竟是生的。葵花子中埋着一封信。

“敬爱的解放军叔叔们……”

信是从广东省湛江市第二小学发出的。

我们趴在地图上找。唔，湛江，好远！那里是亚热带，一个很热的地方。

孩子们请求解放军叔叔们，把他们精心挑选出的葵花种子，种在祖国的边防线上。

我们把手中的葵花子放回布袋。那清香，是阳光、土地和绿色植物的芬芳。

昆仑山咆哮的暴风雪，伴随我们进行讨论。

为什么只写给解放军叔叔？边防线上也有解放军阿姨呀。

在国境线上种葵花，多美妙的想法！每当葵花开放的时候，我们将有一条金色的国境线。

这根本不可能！昆仑山是世界第三极，雪线上连草都不长，还能开葵花?!

我们都默不作声了，只听见屋外风在嘶鸣。

大家决定由我给孩子们回一封信，就说葵花子是解放军阿姨们收到的。只是这里很冷很冷……

昆仑山的“夏天”到了。

信早已写好，却终于没有发出。我们大着胆子，把葵花子种在院子里。

人们都说活不了，却天天跑来看，松土施肥。

葵花发芽了。先探出两片嫩黄的叶子，像试探风向的小手掌，肥厚而天真。然后舒展腰肢，前仰后合生机盎然地长大起来。

昆仑山默默地认可了这些来自亚热带的绿色幼苗，就像它认可了我们一样。

然而，我们高兴得太早了。不知道该算是上个冬天最迟、还是下个冬天最早的一股冷风，冻死了绝大部分葵花。

奇迹般地保存下一棵幼苗。它并不是最强壮的，也许因为近旁有一块大石头。受到启发，我们用石头为葵花围起一圈不透风的篱笆。

现在，我们每天趴在石头围墙上看葵花，不知道的人，以为里面养着活蹦乱跳的小生灵。

这棵幸运的葵花，一往情深地看着太阳，勇敢地展开桃形的枝叶。茎上纤巧的绒毛，像蜜蜂翅膀一样，在寒风中抖个不停。也许它感到了昆仑山喜怒无常的威严，急匆匆地压缩自己生命的历程，才长到一尺高，就萌出了钮扣大的花蕾，压得最高处的茎叶微微下垂，好像惭愧自己为什么不长得更高一些。

那一年没有秋天。寒凝一切的风雪，毫无先兆地骤然降临。早上起来，天地一片苍茫，我们几乎是跌跌撞撞扑向葵花。

石围墙也被飓风吹得四散飘去，向日葵却凝然不动地站立在那里，在冰雕玉琢的莹白之中，保持着凄清的翠绿。叶片傲然舒展，像面面玻璃做的旗，发出环佩般的叮当之声。最不可思议的是，在它生命的最后一刻，居然绽开一朵明艳的花。那花盘只有五分硬币那么大，薄而平整，冰雪凝冻其上，像一块光滑的表蒙子，刚分裂出的葵花子还未成熟，像丝丝柳絮一样优雅地弯曲着，沁出极轻淡的紫色。最令人警醒的是花盘四周弹射出密集的黄色花瓣，箭头一般怒放着，像一颗永不泯灭的星。

向日葵身上的冰花越结越厚，最后凝固成一方柱形的冰晶。

广东省湛江市第二小学当年的孩子们，但愿不要看到我这篇小文。愿他们心中永存一条盛开葵花的金色国境。

假如有一天，我能重回昆仑山。在两座最高的山峰中间，有一块只有我们才知道的地方。在深深的永冻土层之下，有一方冰清玉洁的水晶，水晶中有一朵美丽绝伦的花，宛若雏菊半仰着脸，灿然微笑着……

我不知道它是不是世界上最小的葵花，但我知道它是世界上最高的葵花。

# 离太阳最近的树

三十年前，我在西藏阿里当兵。

这世界的第三极，平均海拔五千米，冰峰林立，雪原寥寂。不知是神灵的佑护还是大自然的疏忽，在荒漠的皱褶里，有时会不可思议地生存着一片红柳丛。它们有着铁一样锈红的枝干，凤羽般纷披的碎叶，偶尔会开出谷穗样细密的花，对着高原的酷寒和缺氧微笑。这高原的精灵，是离太阳最近的绿树，百年才能长成小小的一蓬。到藏区巡回医疗，我骑马穿行于略带苍蓝色调的红柳丛中，曾以为它必与雪域永在。

一天，司务长布置任务——全体打柴去！

我以为自己听错了，高原之上，哪里有柴？！

原来是驱车上百公里，把红柳挖出来，当柴火烧。

我大惊，说，红柳挖了，高原上仅有的树不就绝了吗？

司务长回答，你要吃饭，对不对？饭要烧熟，对不对？烧熟要用柴火，对不对？柴火就是红柳，对不对？

我说，红柳不是柴火。它是活的，它有生命。做饭可以用汽油，可以用焦炭，为什么要用高原上惟一的绿色！

司务长说，拉一车汽油上山，路上就要耗掉两车汽油。焦炭运上来，一斤的价钱等于六斤白面。红柳是不要钱的，你算算这个账吧！

挖红柳的队伍，带着铁锨、镐头和斧，浩浩荡荡地出发了。

红柳通常都是长在沙丘上。一座结实的沙丘顶上，昂然立着一株红柳。它的根像一柄巨大章鱼的无数脚爪，缠附至沙丘逶迤的边缘。

我很奇怪，红柳为什么不找个背风的地方猫着呢？生存中也好少些艰辛。老兵说，你本末倒置了。不是红柳长在沙丘上，是因为有了这棵红柳，固住了流沙。随着红柳的渐渐长大，流沙被固住得越来越多，最后便聚成了一座沙山。红柳的根有多广，那沙山就有多大。

啊，红柳如同冰山。露在沙上的部分只有十分之一，伟大的力量埋在地下。

红柳的枝叶算不得好柴薪。它们在灶膛里像闪电一样，转眼就释放完了，炊事员说它们一点后劲也没有。真正顽强的是红柳强大的根系。它们如盘卷的金属，坚挺而硬韧，与沙砾粘结得如同钢筋混凝土。一旦燃烧起来，持续而稳定地吐出熊熊的热量，好像把千万年来，从太阳那里索得的光芒，压缩后爆裂出来。金红的火焰中，每一块红柳根，都弥久地维持着盘根错节的形状，好像一颗傲然不屈的英魂。

把红柳根从沙丘中掘出，蕴含着很可怕的工作量。红柳与土地生死相依，人们要先费几天的时间，将大半个沙山掏净。这样，红柳就枝桠虬劲地腾越在旷野之上，好似一副镂空的恐龙骨架。这时需请来最有气力的男子汉，用利斧，将这活着的巨型根雕与大地最后的联系，一一斩断，整个红柳丛就訇然倒下了。

连年砍伐，人们先找那些比较幼细的红柳下手，因为所费气力较少。但一年年过去，易挖的红柳绝迹，只剩那些最古老的树灵了。

掏挖沙山的工期越来越漫长，最健硕有力的小伙子，也折不断红柳苍老的手臂了。于是人们想出了高科技的法子——用炸药！

只需在红柳根部，挖一条深深的巷子，用架子把火药探进去，人伏得远远的，将长长的药捻点燃。深远的寂静之后，只听轰的一声，再幽深的树怪，也尸骸散地了。

我们餐风宿露。今年可以看到，去年被掘走红柳的沙丘，好像做了眼球摘除术的伤员，依旧大睁着空洞的眼睑，怒向苍穹。但这触目惊心的景象不会持续太久，待到第三年，那沙丘已烟消云散，好像此地从来不曾生存过什么千年古木，堆聚过亿万颗沙砾。

听最近到过阿里的人讲，红柳林早已掘净烧光，连根须都烟飞灰灭了。

有时深夜，我会突然想起那些高原上的原住民，它们的魂魄，如今栖息在何处云端？会想到那些曾经被固住的黄沙，是否已飘洒到世界各处？从屋顶上扬起的尘雾，通常会飞得十分遥远。

# 花圈

二十多年前，我在藏北高原当兵。高寒、缺氧、病痛……一把把利刃悬挂在半空，时不时地抚摸一下我们年轻的头颅。一般是用冷嗖嗖的刀背，偶尔也试试刀锋。

于是就常有生命骤然折断，滚烫的血沁入冰雪，高原的温度因此有微弱的升高。

凡有部队的地方就有陵园。每逢清明和突然牺牲将士的时候，我们就要赶制花圈。因为我们是女兵，花圈就要扎得格外美丽。当我们最初扎花圈的时候，觉得像做手工一样有趣。

做花圈先要有架子。若在平原，竹子、藤条、木棍……都是上好的材料。但对于高原，这些平常物都是奢侈。男兵用钢筋焊出一人多高的巨环，中间用钢丝攀出蛛网似的细格。花圈的骨骼就挺立起来。

我们在乒乓球案子上做花。五颜六色的花纸堆积如山，刚开始的时候，似乎有些节日的气氛。女孩们分成几组，有的把纸裁成大小不等的方块，有的剪出形状各异的花瓣，有的用糨糊粘绿叶……有条不紊，各显神通。

忙了一阵子之后，所需的花朵基本上备齐了。屋里花红柳绿的，对我们习惯了莹白冰雪颜色的眼睛来说，真是享受。

该往黝黑的钢环上绑花了。一圈红的，一圈蓝的……白花最多，像高原上万古不化的寒冰。

花圈渐渐成形，女孩子们的嬉笑声渐渐沉寂。一朵朵的花是艳丽的，一圈圈的花就有了某种庄严。当一个个硕大的花环肃穆而凝重地矗立在我们面前时，一种被悲哀压榨的痛苦，像鸟一样降临在我们心头。

这是献给一个或是一组年轻生命的祭品。

每次做花圈，都要整整干上一天。先给司令部做，再给政治部做，然后还有后勤部……人们认为女孩天生与花有缘，殊不知这凄冷的花卉，令人黯然神伤。

有一天下午，我们为一位牺牲在边境线上的战友赶制花圈。因为第二天就要下葬，一直干到夜里三点。倦意袭来，绑花时钢丝不停地扎手，有鲜血像红豆似的渗出。马上就要完工时，桌上的电话铃猛然响了。我揉着眼睛问，什么事啊？

对方低沉着嗓音说，刚才夜间紧急集合时，一个战士翻身跃起，突然倒在地上死去了。请你们再赶制一副花圈。

那一瞬，我痛彻骨髓。那个不认识的男孩啊！当我们开始制那副花圈的时候，你还活着。当我们制完那副花圈的时候，就要为你制花圈了。

那一夜，女兵们彻夜无眠。当雪山上的朝阳莅临军营，大卡车把我们的产品运至墓地。

摄影干事们很忙。他们用最好的角度把墓前的花圈照下来，寄往内地的某处小村。那些牺牲了的士兵的父母，永远无法到达高原。他们会在无数个月夜，看着相片上的一丘黄土和伟岸辉煌的花圈，潸然泪下。

# 人生如带

谎言三叶草

切开忧郁的洋葱

蚕是被自己的丝裹住的

每一天都去播种

路远不胜金

格布上的花

钱的极点

人生如带

嘘，梦不可说

# 谎言三叶草

人总是要说谎的。谁要是说自己不说谎，这就是一个彻头彻尾的谎言。

有的人一生都在说谎，他的存在就是一个谎言。世界是由真实的材料构成的，谎言像泡沫一样浮动在表面，时间使它消耗殆尽，就好像从来没有发生过似的。

有的人偶尔说谎，除了他自己，没有人知道这是一个谎言。谎言在某些时候只是说话人的善良愿望，只要不害人，说说也无妨。

对谎言刻骨铭心的印象，可以追溯很远。小的时候在幼儿园，每天游戏时有一个节目，就是小朋友说自己家里有什么玩具。一个说，我家有会说话的玩具青蛙。那时我们只见过上了弦会蹦的铁皮蛤蟆，小小的心眼一计算，大人们既然能造出会跑的动物，也能让它叫唤，就都信了。又一个小朋友说，我家有一个玩具火车，像一间房子那样长……我呆呆地看着那个男孩，前一天我才到他们家玩过，绝没有看到那么庞大的火车……我本来是可以拆穿这个谎言的，但是看到大家那么兴奋地注视着说谎者，我不由自主地说：我们家也有一列玩具火车，像操场那么长……

哇哇！那么长的火车！多好啊！小伙伴齐声赞叹。

那你明天把它带到幼儿园里让我们看看好了。那个男孩沉着地说。

好啊！好啊！大家欢呼雀跃。

我幼小身体里的血脉一下冷凝住了。天哪，我到哪里去找那么宏伟的玩具火车？也许世界上根本就没有造出来！

我看着那个男孩，我从他小小的褐色眼珠里读出了期望。

他为什么会这么有兴趣？依我们小小的年纪，还完全不懂得落井下石……想啊想，我终于明白了！

我大声对他也对大家说：让他先把房子一样大的火车拿来给咱们看了，我就把家里操场一样长的火车带来。

危机就这样缓解了。第二天，我悄悄地观察着大家。我真怕大伙追问那个男孩，因为我知道他是拿不出来的。大家在嘲笑了他之后，就会问我要操场一般大的玩具火车。我和那个男孩忐忑不安，彼此没说什么。只是一整天都是我们俩在一起玩。幸好那天很平静，没有一个小朋友提起过这件事。

我的小小的心提在喉咙口好久，我怕哪个记性好的小朋友突然想起来。但是日子一天天平安地过去了，大家都遗忘了，甚至在以后再说起玩具的时候，我吓得要死，也并没有人说火车的事。

真正把心放下来是从幼儿园毕业的那天。当我离开朝夕相处的老师和小朋友的时候，当然也有点恋恋不舍，但主要是像鸟一样地轻松了。我再也不用为那列子虚乌有的火车操心了。

这是我有记忆以来最清晰的一次说谎，它给我心理上造成的沉重负担，简直是童年之最。在漫长的岁月里我无数次地反思，总结出几条教训。

一是撒谎其实不值得。图了一时之快活，遭了长期之苦难。占小便宜吃大亏。不到万不得已，不要说谎。

二是说谎很普遍。且不说那个男孩显然在说谎，就是其他的小朋友，也经常浸泡在谎言之中。证据就是他们并不追问我大火车的下落了。小孩的记性其实极好，他们不问，并不是忘了，而是觉得此事没指望了。也就是说，他们知道这是一个骗局。他们之所以能看清真相，是因为同病相怜。

三是说谎是一门学问，需要好好研究。主要是为了找出规律，知道什么时候可说谎，什么时候不可说谎，划一个严格的界限。附带的是要锻炼出一双能识别谎言的眼睛，在苍茫人海中谨防受骗。

修炼多年，对于说谎的原则，有了些许心得。

平素我是不说谎的，没有别的理由，只是因为怕累。人活在世上，真实的世界已经太多麻烦，再加上一个虚幻世界搀和在里面，岂不更乱了套？但在我的心灵深处，生长着一棵谎言三叶草。当它的每一片叶子都被我毫不犹豫地摘下来的时候，我就开始说谎了。

它的第一片叶子是善良。不要以为所有的谎言都是恶意，善良更容易把我们载到谎言的彼岸。我当过许多年的医生，当那些身患绝症的病人殷殷地拉了我的手，眼巴巴地问：大夫，你说我还能治好吗？我总是毫不踌躇地回答：能治好！我甚至不觉得这是一谎言。它是我和病人心中共同的希望，在不远的微明处闪着光。当事情没有糟到一塌糊涂的时候，善良的谎言也是支撑我们前进的动力啊！

三叶草的第二片叶子是此谎言没有险恶的后果，更像是一个诙谐的玩笑或是温婉的借口。比如文学界的朋友聚会是一般人眼中高雅的所在。但我多半是不感兴趣的。我对未知的事物充满了兴趣，很愿意同普通的工人农民或是哪一行当的专家们待在一处，听他们讲我不知道的故事。至于作家们汇在一起，要说些什么，我大概是有数的，不听也罢。但人家邀了你，是好意。断然拒绝，不但不礼貌，也是一种骄傲的表现，和我的本意相距太远。这种时候，除了极好的老师和朋友的聚会，我兴高采烈地奔去，一般都是找一个借口推托了。比如我说正在写东西，或是已经有了约会……总之让自己和别人都有台阶下。这算不算撒谎？好像要算的。但它结了一个甜甜的果子，维护了双方的面子，挺好的一件事。

第三片叶子是我为自己规定——谎言可以为维护自尊心而说。我们常常会做错事。错误并没有什么了不起，改过来就是了。但因了错误在众人面前伤了自尊心，就由外伤变成了内伤，不是一时半会儿治得好的。我并不是包庇自己的错误，我会在没有人的暗夜，深深检讨自己的缺憾。但我不愿在众目睽睽之下，把自己像次品一般展览。也许每个人对自尊的感受阈不同，但大多数人在这个问题上都很敏感。想当年，一个聪敏的小男孩打碎了姨姑家的花瓶，没有承认，也是怕自己太丢面子了。既然革命导师都会有这种顾虑，我们自然也可原谅自己。为了自尊，我们可以说谎，同样是为了自尊，我们不可将谎言维持得太久。因为真正的自尊是建立在不断完善自己的地基之上的，谎言只不过是暂时的烟雾。它为我们争取来了时间，我们要在烟雾还没有消散的时候，把自己整旧如新。假如沉迷于自造的虚幻，烟雾消散之时，现实将更加窘急。

随着年龄的增长，心田里的谎言三叶草渐渐凋零。我有的时候还会说谎，但频率减少了许多。究其原因，我想，谎言有时表达了一种愿望，折射出我们对事实朦胧的希望。生命的年轮一圈圈加厚，世界的本来面目像琥珀中的甲虫，越发纤毫毕现，需要我们更勇敢地凝视它。我已知觉人生的第一要素不是"善"，而是"真"。我已不惧怕残酷的真相，对过失可能的恶劣的后果，有了兵来将挡水来土囤的勇气。甚至对于自尊，也韧性得多了。自尊，便是自己尊重自己。只要你自己不倒，别人可以把你按倒在地上，却不能阻止你满面尘灰遍体伤痕地站起来。

有的人总是说谎，那不是谎言三叶草的问题，而简直是荒谬的茅草地了。对这种人，我并不因为自己也说过谎而谅解他们。偶尔一说和家常便饭地说，还是有原则区别的。

中国有句古话，叫做"人之将死，其言也善"。我觉得这个"善"字就是真实的意思。也就是说，人到临死的时候，就不说谎了。

但这个省悟，似乎来得太晚了一点。

活着，而不说谎，当是人生的大境界。

# 切开忧郁的洋葱

忧郁是一只近在咫尺的洋葱，散发着独特而辛辣的味道，剥开它紧密粘粘的鳞片时，我们会泪流满面。

一位为联合国工作的朋友告诉我，她到过战火中的难民营，抱起一个小小的孩子。她紧紧地搂着这幼小的身躯，亲吻她枯燥的脸颊。朋友是一位博爱的母亲，很喜爱儿童，温暖的怀抱曾揽过无数孩子，但这一次，她大大地惊骇了。那个婴孩软得像被火烤过的葱管，萎弱而空虚。完全不知道贴近抚育她的人，没有任何欢喜的回应，只是被动地僵直地向后反张着肢体，好似一块就要从墙上脱落的白瓷砖。

朋友很着急，找来难民营的负责人，询问这孩子是不是有病或是饥寒交迫，为什么表现得如此冷漠？那负责人回答说，因为有联合国的经费救助，孩子的吃和穿都没有问题，也没有病。她是一个孤儿，父母双亡。孩子缺少的是爱，从小到大，从没有人抱过她。因她不知“抱”为何物，所以不会反应。

朋友谈起这段往事，感慨地说，不知这孩子长大之后，将如何走过人生？

不知道。没有人回答。寂静。但有一点可以预见，她的性格中必定藏有深深的忧郁。

我们都认识忧郁。每一个人，在一生的某个时刻，都曾和忧郁狭路相逢。

自然界的风花雪月，人生的悲欢离合，从宋玉的悲秋之赋到绿肥红瘦的喟叹，从游子的枯藤老树昏鸦到弱女的耿耿秋灯凄凉，忧郁如同一只老狗，忠实而疲倦地追着人们的脚后跟，挥之不去。随着现代社会的发达，忧郁更成了传染的通病。"忧郁症"已经如同感冒病毒一般，在都市悄悄蔓延流行。

忧郁像雾，难以形容。它是一种情感的陷落，是一种低潮感觉状态。它的症状虽多，灰色是统一的韵调。冷漠，丧失兴趣，缺乏胃口，退缩，嗜睡，无法集中注意力，对自己不满，缺乏自信……不敢爱，不敢说，不敢愤怒，不敢决策……每一片落叶都敲碎心房，每一声鸟鸣都溅起泪滴，每一束眼光都蕴满孤独，每一个脚步都狐疑不定……

一个女大学生给我写信，说她就要被无尽的忧郁淹没了。因为自己是杀人凶手。那个被杀的人就是她的妈妈。她说自己从三岁起双手就沾满了母亲的鲜血，因为在那一天，妈妈为了给她买一支过生日的糖葫芦，横穿马路，倒在车轮下……

"为此，我怎能不忧郁？忧郁必将伴我一生！"信的结尾处如此写着，每一个字，都被水洇得像风中摇曳的蓝菊。

说来这女孩子的忧郁，还属于忧郁中比较谈得清的那种，因为源于客观，重要人物的失落而引起，在某种程度上，是我们不得不面对的痛苦反应。更有那说不清道不明的忧郁，树蚕一样噬咬着我们的心，并用重重叠叠的愁丝，将我们裹得筋骨蜷缩。

忧郁这种负面情感的源头，是个体对于失落的反应。由于丧失，所以我们忧郁。由于无法失而复得，所以我们忧郁。由于从此成为永诀，所以我们忧郁。由于生命的一去不返，所以我们忧郁。

从这种意义上讲，忧郁几乎是人类这种渺小的动物，面对宇宙苍穹时，与生俱来的恐惧，所以我们无法从根本上消除忧郁。我相信凡有人类生存的日子，我们就要和忧郁为朋，虽然我们不喜欢，但我们必须学会与忧郁共舞。

正因为这种本质上的忧郁，所以我们才要在有限的生存岁月中，挑战忧郁，让我们自己生活得更自由，更欢愉，更勃勃生气。

失落引发忧郁。当我们分析忧郁的时候，首先面对的是失落。细细想来，失落似可分为不同性质的两大类。一是目前发生的真实与外在的失落，可以被我们确认并加以处理的。比如失去父母，失去朋友，失去恋人，失去工作，失去金钱，失去股票，失去名声，失去房产，失去自信……惨虽惨矣，好歹失在明处，有目共睹。

二是源自自我发展的早期便被剥夺，或严重的失望经验，导致内在的深刻失落感觉。这话说起来很拗口，其实就是失在暗地，失得糊涂，失得迷惘，失在生命入口端的混沌处。你确切无疑地丢失了，却不知遗落在哪一地驿站？

这可怕的第二种失落，常常是潜意识的，表明在我们的儿童期，有着不同程度的缺憾和损失。因为我们未曾得到醇厚的爱，或因这爱的偏颇，使我们的内心发展受阻。因为幼小，我们无法辨析周围复杂的社会，导致丧失了对他人的信任，并在这失望中开始攻击自己。如同联合国那位朋友所抱起的女婴，她已不知人间有爱，她已不会回报爱与关切。在这种凄楚中长大的孩子，常常自我谴责与轻贱，认为自己不可爱，无价值，难以形成完整高尚的尊严感。

过度的被保护和溺爱，也是一种失落。这种孩子失落的是独立与思考，他们只有满足的经验，却丧失了被要求负责的勇气，丧失了学会接受考验和失败的能力，丧失了容纳失望的胸怀。一句话，他们在百般呵护下，残障了自我的成长性和控制力的发展。他们的脑海深处永远藏着一个软骨的啼哭的婴孩，因为愤怒自己的无力，并把这种无能感储入内心，因而导致无以名状的忧郁。

人的一生，必须忍受种种失落。就算你早年未曾失父失母失学失恋，就算你一帆风顺平步青云，你也必得遭遇青春逝去韶华不再的岁月流淌，你也必得纳入体力下降记忆衰退的健康轨道，你也必有红颜易老退休离职的那一天，你也必得遵循生老病死新陈代谢的铁律。到了那一刻，你是否有足够的弹性，抵御忧郁？

还有一种更潜在的忧郁，是因为我们为自己立下了不可达到的高标准，产生了难以满足的沮丧感。这种源自认定自我罪恶的忧郁症状，是与外界无关的，全需我们自我省察，挣脱束缚。

忧郁的人往往是孤独的，因为他们的自卑与自怜。忧郁的人往往互相吸引，因为他们的气味相投。忧郁的人结为夫妻，多半不得善终，因为无法自救亦无力救人。忧郁的人往往易于崩溃，因为他们哀伤更因为他们羸弱绝望。

难民营的婴儿，不知你长大后，能否正视自己的童年？失却的不可复来，接受历史就是智慧。记忆中双手沾着血迹的女大学生，你把那串猩红的糖葫芦永远抛掉吧，你的每一道指纹都是洁白的，你无罪。母亲在天国向你微笑。

不要嘲笑忧郁，忧郁是一种面对失落的正常。不要否认我们的忧郁，忧郁会使我们成长。不要长久地被忧郁围困，忧郁会使我们萎缩。不要被忧郁吓倒，摆脱了忧郁的我们，会更加柔韧刚强。

# 蚕是被自己的丝裹住的

蚕是被自己的丝裹住的，这是一个真理。每一个养过蚕的人和没有养过蚕的人，都知道这件事。蚕丝是一寸一寸吐出来的，在吐的时候，蚕昂着头，很快乐专注的样子。蚕并没有意识到，正是自己的努力劳动，才将自己的身体束缚得紧紧的。直到被人一股脑儿丢进开水锅里，煮死，然后那些美丽的丝，成了没有生命的嫁衣。

这是蚕的悲剧。当我们说到悲剧的时候，不由自主地持了一种观望的态度。也许，是“剧”这个词，将我们引入歧途。以为他人是演员，而我们只是包厢里遥远的安全的看客。其实，作茧自缚的情况，绝不如想象的那样罕见，它们广泛地存在于我们周围，空气中到处都飘荡着纷飞的乱丝。

钱的丝飞舞着。很多人在选择以钱为生命指标的时候，看到的是钱所带来的便利和荣耀的光环。钱是单纯的，但攫取钱的手段却不是那样单纯。把一样物作为自己奋斗的目标，它的危险，不在于这桩物品的本身，而在于你是怎样获取它并消费它。或许可以说，收入钱的能力还比较地容易掌握，支出它的能力则和人的综合素质有极大的关系。在这个意义上讲，有些人是不配享有大量的金钱的。如同一个头脑不健全的人，如果碰巧有了很大的蛮力，那么，无论是对于他本人还是对于他人，都不是一件幸事。在一个社会财富和个人财富飞速增长的时代，钱是温柔绚丽的，钱也是飘浮迷茫的，钱的乱丝令没有能力驾驭它的人窒息，直至被它绞杀。

爱的丝也如四月的柳絮一般飞舞着，迷乱着我们的眼，雪一般覆盖着视线。这句话严格说起来，是有语病的。真正的爱，不是诱惑，是温暖。只会使我们更勇敢和智慧，但的确有很多人被爱包围着，时有狂躁。那就是爱得没有节制了。没有节制的爱，如同没有节制的水和火一样，甚至包括氧气，同是灾难性的。

水火无情，大家都是知道的。但是谈到氧气，那是一种多么好的东西啊。围棋高手下棋的时候，吸氧之后，妙招迭出，让人疑心气袋之中是否藏有古今棋谱？记得我学习医科的时候，教授讲过这样一个故事。一名新护士值班，看到衰竭的病人呼吸十分困难，用目光无声地哀求她——请把氧气瓶的流量开得大些。出于对病人的悲悯，加上新护士特有的胆大，当然，还有时值夜半，医生已然休息。几种情形叠加在一起，于是她想，对病人有好处的事，想来医生也该同意的，就在不曾请示医生的情况下，私自把氧气流量表拧大。气体通过湿化瓶，汩汩地流出，病人顿感舒服，眼中满是感激的神色，护士就放心地离开了。那夜，不巧来了其他的重病人。当护士忙完之后，捋着一头的汗水再一次巡视病房的时候，发现那位衰竭的病人，已然死亡。究其原因，关键的杀手竟是——氧气中毒。高浓度的氧气抑制了病人的呼吸中枢，让他在安然的享受中丧失了自主呼吸的能力，悄无声息地逝去了……

很可怕，是不是？丧失节制，就是如此恐怖的魔杖。它令优美变成狰狞，使怜爱演为杀机。

谈到爱的缠裹带给我们的灾难，更是俯拾即是。放眼观察，会发现很多。多少人为爱所累，沉迷其中，深受其苦。在所有的蚕丝里面，我以为爱的丝，可能是最无形而又最柔韧的一种。挣脱它，也需要最高的能力和技巧。这当中的奥秘，需每一个人细细揣摩练习。

还有工作的丝，友情的丝，陋习的丝，嗜好的丝……或松或紧地包绕着我们，令我们在习惯的窠臼当中难以自拔。

逢到这种时候，我们常常表现得很无奈很无助，甚至还有一点点敝帚自珍的狡辩。常常可以听到有人说，我也知道自己的毛病，也不是不想改，可就是改不掉。我就是这样一个人了……当他说完这些话的时候，就好像对自己和对众人都有了一个交待，然后脸上就显出安坦无辜的样子，仿佛合上了牛皮纸封面的卷宗。

每当这种时候，我在悲哀的同时，也升起怒火。你明知你的茧，是你自己吐的丝凝成的，你挣扎在茧中，你想突围而出。你遇到了困难，这是一种必然。但你却为自己找了种种的借口，你向你的丝退却了。你一面吃力地咬断包围你的丝，一面更汹涌地吐出你的丝，你是一个作茧自缚的高手，你比推石头的西西弗斯还惨。他的石头只是滚下又滚下，起码并没有变得更大更沉重。你的丝却在这种突围和分泌的交替中，汲取了你的气力，蚕食了你的信心，它令你变得越来越不喜爱自己，退缩着，在茧中藏得更深更严密更闭锁更干瘪了。

我们每个人都有一些茧。这些茧背负在我们的身上，吸取着我们的热量，让我们寒冷，令前进的速度受限。撕碎这茧，没有外力和机械可供支援，只有靠自己的心和爪。

茧破裂的时候，是痛苦的。茧是我们亲手营造的小世界。茧的空间虽是狭窄的，也是相对安全的。甚至一些不良的嗜好，当我们沉浸其中的时候，感受到的也是习惯成自然的熟络。打破了茧的蚕，被鲜冷的空气，闪亮的阳光，新锐的声音，陌生的场景……刺激着，扰动着，紧张的挑战接踵而来。这种时刻的不安，极易诱发退缩。但它是正常和难以避免的，是有益和富于建设性的。你会在这种变化当中，感受到生命充满爆发的张力，你知道你活着痛着并且成长着。

有很多人终身困顿在他们自己的茧里。这是他们自己的选择，当生命结束的时候，他们也许会恍然发觉，世界只是一个茧，而自己未曾真正地生活过。

# 每一天都去播种

朋友，当我看你的信的时候，是一个阴雨绵绵的早上。我仿佛听到你在远处悠长的叹息。我认识很多这样的女人，青春已永远驶离她们的驿站，只把白帆悬挂在她们肩头。在辛劳了一辈子之后，突然发现整个世界已不再需要自己。她们堕入空前的大失落，甚至怀疑自己生存的意义。

女人，你究竟为谁生活？

当我们幼小的时候，我们是为父母而活着的。我们亲昵的呼唤，我们乖巧的举动，我们帮母亲刷锅洗碗，我们优异的成绩给父亲带来欣喜……女孩以为这就是生存的意义。

当我们青春的时候，我们是为工作和知识而活着。我们读书，我们学习，我们在自己的岗位上努力地工作着，我们得各式各样的奖状……女人以为这就是生存的意义。

当我们和人类的另一半结合在一个屋檐下的时候，我们以为太阳会在每一个早上升起，风暴会被幸福隔绝在遥远的天际。我们以丈夫的事业为自己的事业，无私地贡献出自己的一切。遵循美德，妻子以为这就是生存的意义。

当我们有了自己的孩子以后，我们视孩子胜过自己的生命。在母亲和孩子的冲突中，女人是永远的弱者。在干渴中，只要有一口水，母亲一定会把它喂给孩子。在风寒中，只要有一件衣，母亲一定会披在孩子的身上……母亲以为孩子就是自己生存的意义。

终于，丈夫先我们而去，孩子已展翅飞翔。岗位上已有了更年轻的脸庞，整个世界已把我们遗忘。

这个时候，不管你有没有勇气问自己，你都必须重新回答：为谁而生存？

丈夫、孩子、事业……这些沉甸甸的谷穗里，都有女人的汗水，但它们毕竟不是女人自身。女人是属于自己的，暮年的女人，像秋天的一株白杨，抖去纷繁的绿叶，露出树干上智慧的眼睛，独自探索生命的意义。

生命对于每个人，都是上苍只有一次的馈赠。女人要格外珍惜生存的机遇，因为她们的一生更多艰难。我们是为了自己而生活着，不是为其他的任何人。尽管我们曾经如此亲密，尽管我们说过不分离。但生命是单独的个体，无论怎样血肉交融，我们必须独自面临世界的风雨。

女人要学会播种，即使是在一个没有收获的季节。女人太习惯以谷穗衡量是否丰收，殊不知有时播种就是一切。开心的钥匙不是挂在山崖上，就在我们伸手可及的地方。

只要你感到是为自己而生活，世界也许就会在眼中变一个样子。写文章，为什么一定要发表？自己对自己倾诉，会使心灵平和。练书法，为什么一定要展览？凝神屏气地书写，就是与天地古今的交融。教学生，为什么一定要到学校？做善事，为什么一定要别人知晓？

他人的评判固然重要，但最重要的是我们对自己的评判，这是任何人也无法剥夺的权力。只要女人自己不嘲笑自己，只要女人不自认为自己不重要，谁又能让你低下高贵的头？

生命是朴素的，它让女人领略了旖旎的风光之后，回归到原始的平静。在这种对生命本质的探讨中，女人更深刻地认识自身的价值。

在生命所有的季节播种，喜悦存在于劳动的过程中。

# 路远不胜金

有一天，我先生对我说，以前结婚的时候，也没送过你什么礼物。现在我补送你一个金戒指吧。

我说，心意领了。但金器我是不要的。

先生笑了，说你肯定是舍不得钱。其实买金很合算，戴在手上，是件装饰品，除了好看，本身的价值也还在。不喜欢这个样式了，还可以打成新的样子。你为什么不喜欢？

我说，我算的是另一笔账啊。

他很感兴趣，让我说个明白。

我说，我是一个劳动妇女，戴了金，干起活来就不方便了。俗话说，远路无轻载。

先生就笑了，说你以为我会给你买一个多么沉重的金镏子？想得美。我们只能买个金戒指，不过几克重。

我说，你听我说。我每天伏在桌前，不辨晨昏地写作。在电脑上敲出一个字，最少要击键两次。就算这个戒指五克重吧，手起手落，一个字就要多耗十克的重量。天长日久地下来，就不是一个小数目。假设我要写一部百万字的长篇小说，这小小的戒指就化作十吨的金坨，缀在手指的关节上，该是多么大的负担！要做的事情太多，路远不胜金。

先生说，要不我们买一条金项链，你写作的时候脖子总是不动的。

我说，我不喜欢项链的形状，它是锁链的一种。我崇尚简洁和自由，觉得美的极致就是自然。再说我多年之前就被X光判了颈椎增生，实在不忍再给沉重如铅的脖子增加负担。

先生叹了口气说，作为一个女人，你浑身上下没有一克金，真的不遗憾?

我说，我有许多遗憾的事情，比如文章写得不漂亮，做饭的手艺不精良，一坐车就头晕，永远也织不出一件合身的毛衣……但对金子这件事不遗憾。

先生说，你这是反潮流。

我说，不是反潮流，实在是无所谓。金是什么？不就是地球上的一种不算太少也不算太多的金属吗？有了这种金属就象征你高贵，没有这种金属就注定卑贱吗？这颗星球上还有很多种稀有金属，比如铂，比如铑，比如能造原子弹的铀和镭……都比金昂贵得多。我们不可能把所有的金属都披挂在身，金属除了它在工业上的用途，并不代表更多的含意。如果你喜欢，你就佩戴好了，就像乡下的女孩在春天里，把一枝野花簪在发梢。如果你因了种种的缘故，没有一克金，那也没有什么可怯懦的，依然可以挺直腰杆，快快乐乐地生活。

作为一个女人，如果我们拥有天空和海洋，如果我们拥有知识和事业，如果我们拥有自信和尊严，如果我们拥有亲人对我们和我们对亲人的挚爱，我们的生命就很完满。

拥有已太多，无金又何妨!

# 格布上的花

好日子和坏日子，是有一定比例的。就是说，你的一生，不可能都是好日子——天天蜜里调油；也不可能都是坏日子——每时每刻黄连拌苦胆。必是好坏日子交叉着来，如同一块花格子布。如果算下来，你的好日子多，就如同布面上的红黄色多，亮堂鲜艳。如果你的坏日子多，那就是黑灰色多，阴云密布。

以上的说法，想来会有人同意，但好日子和坏日子，是以什么来划分的呢？什么是好坏日子的分水岭试金石呢？看法恐怕就不一致了。比如，钱吗？好像，不是。有钱的人不一定承认他过的是好日子，钱少的人或没钱的人，也不一定感觉他过的就是坏日子。健康吗？好像，也不是。无痛无灾的人不一定觉得他过的是好日子，罹病残疾的人也不一定承认他过的就是坏日子。美丽和能力吗？似乎，更不像了。

看看周围，有多少漂亮能干的男人女人，锁着眉苦着脸，抱怨着岁月的难熬啊……

说了若干的标准，都不是。那么，什么是好日子和坏日子的界限呢？

不知他人的答案若何，我猜，是爱吧？有爱的日子，也许我们很穷，但每一分钱都能带给我们双倍快乐。也许我们的身体坏了，每况日下，但我们执着相爱的人的手，慢慢老去，旅途就不再孤独。也许我们是平凡和微渺的，但我们竭尽力量做着喜欢的事，心中便充溢温暖安宁。

这是什么呢？这就是好日子了。你的那块花格子布上，绽开了鲜花。

# 钱的极点

小时候猜一道智力题，问：从地球上的什么地方出发，无论往哪里走，都是朝向南？

答案是：北极。

现在无论同谁聊天，无论从哪说起，都会很快谈到钱。钱成了当今社会的极点。

钱给人的好处是太多了，而且有许多人由于钱不多，而享受不到钱的好处。人对于得不到的东西就需要想象，想象的规律一般是将真实的事物美化。比如说我们看到一位大眼睛戴口罩的女士，就会想她若摘了口罩，一定更是美丽动人。其实不然，罩里很可能是一对暴牙齿，人家原是为了遮丑的。

我当过许多年的医生，虽是无钱之人，却凭医疗常识，想象钱的功能是有限的，理由从人的生理结构而来。

钱能买来山珍海味，可再大的富豪也只有一个胃。一个胃的容积就那么大，至多装上两三斤的食物，外加一罐扎啤，也就物满为患了。你要是愣往里揣，轻则是慢性胃炎，重了就是急性胃扩张，后者有生命危险呢。更不消说，长期的膏粱厚味，引起高胆固醇糖尿病等等。所以说那些因公而需长期大吃大喝的人，得了肥胖症，真是要算工伤的。

钱能买来绫罗绸缎。可再娇美的妇人也只有一副身段，一次只能向世人展现套在身体最外层的那套衣服。穿得太多了，就会捂出痱子。要是一天老换衣服，变成工作，就是时装模特，和有钱人的初衷不符了。

再说人类延续种族愉悦自身的那个器官吧，更是严格遵循造物的规律，无论科学怎样进步，都不可能增补一套设备。假如无所节制，连原装的这一份都进入“绝对不应期”，且不用说那种种的秽病了。电线杆子上的那些招贴纸，是救不了命的。

人和动物在结构上实在是大同小异，从翩飞的蝴蝶到一只最小的蚂蚁，都有腹腔和眼睛。人和动物最大的区别就在于思想，而恰恰在这一面钢铁盾牌面前，金钱折断了蜡做的矛头。

比如理想，比如爱情，比如自由……都是金钱的盲点。它们可以因了金钱而卖出，却不会因了金钱而被买进。金钱只是单向的低矮的闸门，永远无法积聚起情感的洪峰。

造物给予人的躯体是有限的，作为补偿，造物还人以无垠的精神。人的躯体的每一个细微之部，都是很容易满足的。你主观上想不满足，造物也不允许你。造物以此来制约人的物质的欲望，鼓励思想的飞翔。于是人类在有了果腹的兽肉和蔽体的树叶之后，就开始创造语言绘画和音乐……积蓄了一代又一代的精华，于是我们有了文学，有了艺术，有了哲学的探讨和对宇宙的访问……那都是永无穷尽的奥妙啊，只要人类存在一天，就会上天入地披肝沥胆的寻找与提炼。

我们现在是站在钱的极点上，但我们很快就会离开它。人们在新的一轮物质需要满足之后，回过头来仍然要皈依精神。

精神是人类最大的财富。在远没有金钱之前,人类就开始了精神的求索。人类最终也许将消灭金钱,但毫无疑问的是人类的精神永存。

# 人生如带

人类送往太空的礼品，有一盘录有声响的带子。

其他星球上的生物，有一天将凭着这带子认识我们地球人。

能在这样的带子上留下痕迹，该是至上的光荣。

人生的节奏越来越快。

好像有一只无形的狼犬追逐着我们，每人都在和冥冥之中的某种速度竞赛。

有一个主宰一切的幽灵，拧紧我们的每一寸筋骨，驱使我们向前。

这是怎样一种至尊无上的力量？

它就是生命的不可重复性。

每个人诞生的时候，都是上帝之手涂抹干净的一盘磁带。伴随我们的生命，它开始缓缓地转动。录下大自然的风雨，录下慈父母的教诲，录下前人心血的结晶，录下远方未知的问号……

在带子的尽头，是沙沙走动的无声无息的空白。

每个人都顽强地想留下属于自己的声音。

带子很庄严，它默然向前，不理睬人们的叹息与挽留。它只保存一代又一代人类最精彩的声响，使自身更臻完美与辉煌。

与人类永恒的传送带相比，我们每个人渺小如蚁，孱弱如丝，轻淡如烟，消逝如水。

带子输送着一代又一代的人们走进宇宙的深处，那是一去不复返的轨道。

带子不断清洗着嘈杂的声音，毫无商榷地拒绝重复。带子只承认最新鲜伟大的发明，在历史的沉积中，变得越来越坚硬。要在上面留下痕迹，越来越艰难了。

你必须用人类迄今为止最优异的养料滋润自己的头脑，你要站在巨人的肩膀上。

巨人屹立着，并不因为你的弱小而弯下臂膀。巨人沉默着，他们敞开自己，却不肯搀扶你。攀登巨人几乎费掉我们毕生的精力，许多人在这样的探索中凝固，成为巨人的一部分，悲哀地失去了自身。

当那些最勇敢最智慧的人们，攀到前所未有的高度时，迎接他们的是严寒与荒凉。

面对纷繁的星空和遥远的黑洞，你踏出高贵而孤独的脚步。

你极可能走错，湮灭如灰尘。

带子是不保留探索者的脚印的，它淡然地看着一位位先驱者扑倒，只为成功者留下位置。

宇宙用死亡限制人们的步伐。人类的每一个婴儿降生，都是历史的一次重新开始。智者离开时，卷走了他们没有诉诸文字的所有发现。

历史不记录回声。人的生命是长度固定的锁链，为了对抗死亡，为了在重复学习之余留出创造的空间，只有在每一个生命之环上负载更多的希冀与沉重，人类日益变得匆忙与紧张。

做人是越来越累了。我们已无暇再创造语言与文字这类服务于全人类的精神奢侈品，我们已在忙乱中迷失最初的意愿。人们越来越频繁地聚散，物品越来越快地更迭。我们以为过程就是终极，我们在旋转，以为是前进。

带子沉默着。

冷静甚至冷酷地等待着我们。

它只记录最优秀的声音。假如世间喑哑，它就耐心地等待。

人们在万籁寂静的深夜，倾听生命的磁带。

它均匀地无声地行进着，期待着。

# 嘘，梦不可说

别说梦。

梦不可说。梦是一团混沌，清醒时的事尚且说不清，昏蒙中的意象岂不更是虚妄。梦是不可描绘的。勉强点染出来，也必不可信。就算浮出脑海的时候，梦还是完整的，醒来时就丢了一半。说出来时，又丢了一半。断了线的地方，犹如豁了牙的嘴，摆在那里漏风，终不美观。于是主人就有意无意地将它修补起来，看起来倒是白闪闪地连贯了，但使人连那真的部分也不相信了。

梦是真的，说了就成了假的。只能留给一个人安静地反刍。它不是一个故事，不需像油炸蝎子似的全须全尾。梦不是给人表演的时装，不需矫饰不需猫步不需赶潮流。梦不是音乐，不需优美不需激荡也用不着震撼。梦是不需要负责任的，因此可宣泄可谵狂可随心所欲可放荡不羁，只要不梦游就行。

那么，梦就真的无以表达了吗？人人都有的一段经历，竟成了盲区。无以交流无以记载来无踪去无影，袅袅如风吗？

我们看不见风，我们可以从草叶和花瓣的滚动上，看到风的边缘。我们就这样来找寻梦吧。

梦是一种心境，一种气氛。做完了那个梦，我们醒来时的那一份思绪，便是那梦的几乎全部了。倘是欣喜，不必问梦是什么，快快乐乐地欣喜下去，一天都温馨。这从天上掉下来的礼物，不要问是谁的赠予，尽可能长久地保存就是了。倘是恐惧，赶紧用冷水洗个脸，舒舒服服地另换一个梦做吧。把自己从噩梦里拔出来，犹如把一个萝卜甩掉湿泥，晾在太阳下面。世上确有许多结有恶果的事情，但它们没有一件是因了害怕而可稍微减轻。梦是一件没有结果的事情，更毋需怕它。假如遇见了远去的亲人，无论他是在迢迢远方还是已然仙逝，都该相庆。梦是一张黑白相片，会唤起我们悠远的记忆。许多淡忘了的人，栩栩如生地走到我们的面前，笑着同我们打招呼。梦好像给了我们一双格外的眼睛，白天看不到的东西，晚上却那样清晰。感谢梦把我们同纷乱的尘世隔绝，进入一个纯属个人的世界。为了这一份惟一不会有人插足的恬静，纵是在梦中哭醒，也该擦擦眼泪，然后安然。

我们在清醒时几乎什么都可以说了。饮食可说，男女可说，国家大事可说，鸡毛蒜皮可说。语言的原子弹在各个领域爆炸，人类情绪已被剥离得体无完肤。我们越来越理智，越来越渊博，越来越聪颖，越来越果决……言语的锋芒锐不可当，然而梦像一堵坚壁挡住了它。

你无法形容梦。你不知道它从哪里来，你不知道它要到哪里去。人类可以在弹指间制造一条试管生命，人类穷毕生之力无法酿造一个随心所欲的酣梦。

祝愿你做个好梦——这声音已响彻了万千年。当第一个猿人在树叶间被噩梦惊醒后，他就面对上苍发出虔诚的祈祷。人类一次次梦幻成真，惟有梦幻本身无法复现。人类能记录下火星上的沟壑，却无法记录梦的曲折。人类可以破译生命的密码，却无法解释梦的征兆。人类可以把地球上所有的生物分类，却不知自己的梦境是一种什么物质。人类已经向宇宙进军，却连朝夕相伴的梦都模棱两可。

梦是人类的最后一块神秘的处女地，是上苍递给我们的灵魂的幕布。它是远古的祖先一代代积淀下的精神的富矿，它是未来交予我们的无法读懂的复印件。我们的精神在梦境中活泼泼地像蝌蚪一样游弋，把过去与虚幻粗针大线地缝缀在一起，镶嵌神奇的图案。

常常听到人说梦。能说的都不是梦。有的人说的是愿望，由于没有勇气，他把它伪装成梦，梦因此成为功利。有的人说的是谎言，由于没有能力，他把它修饰成梦，先骗自己再骗别人。有的人说的是忏悔，于此想减轻灵魂的罪恶，他其实徒劳。有的人天天说梦，他肯定是一个贫穷到连像样的梦都没有的人。

人们在梦上附加了那么多的锁链，梦就蜷曲着，好像很恭顺的样子。

但是，只要睡眠的马车一到，梦的灰姑娘就跳上去，穿着水晶鞋，跳起疯狂的舞蹈。醒来时我们只看到一条条冰雪的痕迹。

并非日有所思，夜就有所梦。并非黑夜是白天的继续。我们常常在梦里变成自己也不认识的人，一定是梦走错了地方。

真感谢梦。我们在梦里多么美丽，我们在梦里永远年轻。

嘘！别说梦。梦不喜欢被说。它是属于你一个人的，说出来就成了公众的财产。在你说的过程中，它就悄悄地飞走了，只给你留下一片梦蜕。

梦最透明的翅膀是自由。

# 写作是一种命运

写作是一种命运
铁马冰河入梦来
为了雪山的庄严和父母的希望
亲自写作
阅读是一种孤独

# 写作是一种命运

我小的时候，从没有想过自己长大以后干什么。轮到写“我的理想”这类作文题目的时候，想想哪个行当好写就写哪行，比如我就常常写当农民，因为一年有四季，田里景色多变换，描写夹进去，容易凑够老师要求的数字。

我父亲是戎马一生的军人，家里的书虽多，却没有多少文学藏书，多是军事文献和马列全集。我很小的时候，就看完了当时所出的全部“星火燎原”，以至父亲同别人讲到某次战役的时候，我也可以搭上腔，说上一句“红军要是过草地的时候把青稞炒熟了，没准可以少死几个人”之类很大人气的话。我记得在我家，大人说话孩子插嘴是大逆不道的事。但那一次父亲听了我的话，破例没有斥责我，只是很异样地看了我一眼。

我家书架上有平整得如同砖头的中国古典四大名著。我坚信我父亲在兴致勃勃地买了它们之后，从没能坚持把它们读完。我听他不止一次地说过，贾宝玉和林黛玉的事，用得着写那么多篇幅吗？太啰嗦！

我大约在九岁到十岁的时候，读完了《红楼梦》。许多字不认识，比如一直把袭人的“袭”字读作“聋”人，而且还自以为是地感觉贾宝玉的这个大丫环一定是听力不好，完全没注意到文中关于“花气袭人”的典故。

我小时候作文成绩不错，老师不止一次地给过我“5+”的分数。我的主要诀窍是尽量写得好玩点。比如老师出了个作文题“一次谈话”，一般的同学写的都是家长和自己谈了一次话，批评或是鼓励了自己。高明些的就写同学之间闹了点小别扭，互相谈了心，就和好了。我独出心裁写了一个中国小朋友同非洲小黑人打了一次电话的谈话。老师着实夸奖了我。但我至今想起来还脸红。两国语言不通，他们如何交谈？再有对方那样贫困，到哪去找电话？

“文化大革命”中，学校的图书馆被封了。我所在的学校是北京一所很气派的贵族学校，图书馆是座建造于一九一几年的古老楼房，窗户极高又被钢条分割成琐碎的小块，光线朦胧得有些恐怖。图书管理员定了一条规矩：谁要想借书，可以。但是还书时必须交一篇批判该书的稿子。好借好交，再借不难。现在想起来，大约是浩繁的图书都要她重新整理，挑出毒草，她力不从心，借助一下学生的力量。刚开始加入这个行列的人挺多，但一两次之后，就寥寥无几了。倒不是不想读书，而是条件太苛刻了。十三四岁的孩子，又值文革热火朝天地热闹，哪里还愿坐下来写文章？读小说的时候快活，写大批判稿的时候就痛苦不堪了。真的，那时使许多人退却的原因就是懒。我也懒，每次写稿的时候都发誓这回还了书，再也不借了。但一到了图书馆，那种带有轻微霉味的空气就像鸦片一样使我兴奋。我在高高的书架之中穿行，直到抱着直抵下颌的书塔走到登记的管理员面前。

这么多书，你看得完吗？她冷漠地问。

看得完。我小声回答。

写得完吗？她穷追不舍。

也写得完。我坚定地回答。

于是整个阅读过程分成了两个阶段。第一部分是比较惬意的，快活地读世界名著。我们当时住校，同宿舍八个女孩，人人都喜欢读小说。刚开始大家都去借书，但不久就只剩下我一个了。我借了一大摞书回去，大家都抢着看，稿子却要我独自写。这还好说，关键是有些人看得很慢，我要还书了，她那儿还没看完呢。我知道读到半截被人把书夺走的滋味不好受，所以不论她看得有多慢，我都不忍心催。倒是那人比我想得开，主动把书还了我，说，后面的我也没空看了，烦你给我讲一讲好了。于是我又充当了“说书人”的角色。给一个人讲，全宿舍的其他人也听，她们以后索性不亲自看了，专等着听我讲。在一九六七、一九六八年那些纷乱的晚上，在北京市中心一座静谧的高楼里，一群少女围着我，听我给她们也给我自己讲美丽的故事……据我的一位现已成了美籍华人的同学回忆，我那时给大家讲过雨果的《笑面人》，托翁的《安娜·卡列尼娜》，狄更斯的《双城记》……（说真的，我真佩服自己当年的胆大，要是放在今天，我是万万不敢宣讲这些名著的，名著是只可意会不可以讲述的精品。）那位同学说，她至今再也没有看过雨果的《笑面人》，她以为我讲的那个故事，是最好的版本了。不愿以任何人包括雨果老先生自己的版本来取代那美好的印象。她不是搞文学的，她存留的实际是自己的童年。

讲完故事之后，剩下的就是我的苦活了。说它苦，不仅是因为我要在别人玩的时候，独自写字，更是因为我本是十分喜欢那些名著的，现在却要昧了心批判，说什么好呢？不写吧，就和这些名著彻底绝缘。思来想去，我对这些文学祖师爷的在天之魂祷告说：大师们，我批判你们，不是真心的。只是为了更好的读你们的书。你们别生气啊！

即使不背这个思想包袱，我仍是没法写。因为实在想不出哪些好拿来批判。图书馆的人又是十分较真，每份批判稿交上去，她都要仔细过目，蒙不过去。后来我发明了一个批判稿写法，就是写醒目的批判提纲，比如说：在以下部分里作者露骨地宣扬了资产阶级人性论。然后就大段地摘抄原著。字一定要写得工整。交稿的时候我忐忑不安，没想到管理员直夸奖我认真，原来她是只数字数不看内容的。

我要感谢那位图书管理员，她使我大量地摘抄名著，而且源源不断地供给我珍贵的精神食粮，这在那个时代很难得。

后来我就当兵去了。完全是命运的随机分配，我本来是想当通讯兵的，可睡在我身边的那个女孩去了通讯营，我就偏偏要分作卫生员。绝大多数女孩留在城市的医院，我就偏偏被分到了西藏。对于这后一件事，我倒是挺满意的。因为即使在二十年前，西藏也是人们向往的神秘地方。

喜马拉雅山、冈底斯山、喀喇昆仑山像三座银白色的公牛，抵角于茫茫的高原。它们拱起的背脊，簇拥着地球上最宏伟的峰峦。我所在的队伍就驻扎在海拔五千米的雪山上。我们同行的九名女伙伴是这支高原部队从组建以来第一批女战士，也是最后的一批女兵。

在严酷的自然环境下，男人和女人的界限被涂抹得很模糊，在零下四十度的严寒中，我们同男人一样负重几十公斤，徒步行进在皑皑的雪原，每天跋涉一百华里。在攀越壁立的冰坂时，我那么热切地渴望死亡。我真是受够了这种非人的苦难，再也不愿忍受下去了。我想，我可以装作失足，痛快地滑向无底的深渊。没有一个人会发现我是有意的，因为在如此艰苦卓绝的军事活动中，死人的事的确经常发生。这样我就可以被追认为烈士，我的父母就不会因了我的死而受到牵累……

我考虑得天衣无缝，实行的时机却一再推迟。问题是我的脚不听我的指挥，我对左脚说，你踩空好了，这下面是悬崖，马上就成功了。可左脚在接到这个命令以后，不但不滑开岩石，反而紧紧地扒住石缝，好像害怕我会用手把它愣拨拉下去。其实当时我的手冻得掰不开，根本做不成这个事。我气恼地转而命令右脚，它也拒不服从。

我当时是真想死的，因为活着太苦。我觉得我比当年的红军还要苦。但我的机体不服从我。在许多年后的今天我明白了那是青春的生命本能在反抗。

在苍茫的高原上，留下了许多年轻人的骸骨。他们从祖国的天南地北来，永远地留在这里了。

我在那支高原部队度过了十一年。把我一生最好的年华葬在世界的屋脊。

我转业回了北京，在一家工厂卫生所做内科主治医师。那一年，我二十八岁。

我很认真地给人看病，操持家务，抚育孩子。我以为对一个女人来说，这都是顶顶重要的事情。

当我把家里的事都干得差不多了，开始有时间打量这个喧嚣的城市的时候，我突然听到灵魂深处的呼喊。

我在这个世界上，还有一件非常紧要的事情没做呢。

从久远前我的父亲意味深长的那一眼里，我看到了他的一个殷殷希望。他希望我能有一天对着世界，大声地讲出我的看法。

从最早的“聋人”到图书馆幽暗的书架，我都在小心翼翼地做着某种准备。现在它们像贮藏多年的种子，再不萌发，就要胀破了。

最主要的是命运把我抛到了人迹罕至的高原，那里发生过许多惊心动魄的故事，假如我不告诉别人，我对不起冰雪下长卧不起的英魂。

在一个平平淡淡的晚上，我开始了我的写作。那是一间充满了药气的屋子，四周白得耀眼，仿佛置身雪窟。那天正是我值班的日子，来了病人我就看病，病人走了我就写作。两端发黑的日光灯管发出咝咝的叫声，更显出夜的静远。

我的处女作《昆仑殇》受到了很好的评价，算是开了一个不错的头。但我知道自己各方面的准备都很不充足，后来又去读了文学研究生，仔细地研究这行里的高手是怎样写作的。

我现在在中国有色金属工业总公司当专业作家。由于所在的位置，大量地接触经济信息和事件。以后我也许会创作一些高层经济领域题材的作品。当然，我会不间断地书写昆仑山的。因为我是妻子和母亲，我也会非常关注女性题材的创作。

写作是一种命运，我已无可逃避。

# 铁马冰河入梦来

当我写完《昆仑殇》最后一个标点时，有一种奇怪的感觉：好像心的某一部分被掏空了，只留下一个洞。

午夜时分，家人熟睡。我独自走到屋外。

北京的夜不黑，无数灯火交织成彩色的图画。北京的夜也不静，声音的波涛一刻不停，只不过比白昼略低沉了点。惟有冰冷如汁的空气，像清泉一样荡涤着肺腑，使人感到振奋与警醒。遥望西部，我感到一丝淡淡的欣慰。

西部有一座雄伟的高山。绵延数百万平方公里的世界屋脊，由它无尽的子孙组成。它的主峰——乔戈里峰，是我们这个星球上的第二高峰。在古老的文化典籍中，它被称为“帝之下都”，是黄帝居住的地方。这座威严的万山之父，就是昆仑山。

一九六九年，我参军离开北京，来到了昆仑山上的一个部队。几个月后，迎来了我十七岁的生日，战友们为我摆了一桌“罐头宴”。银亮短粗像炮弹壳一样的军用罐头，开了一筒又一筒。有橘子的，有苹果的，有菠萝的，有雪花梨的，还有……对于每月只有一筒半水果罐头定量的士兵们，这是很靡费很丰富的盛宴了。我们把罐头汁倾倒在刷牙用的搪瓷缸里，彼此碰得山响，快乐地“干杯”。

“你才十七岁，太小了。”一个老医生说。

“我已经是大人了。很大的人。”我严肃地纠正他。

“真正的大人，是怕人家说他岁数大的。况且‘大人’这个称呼，本来就是小孩子说的话。”老医生平静地反驳我。

许多年过去了。每逢过生日时，这对话便清晰地在我耳边响起。我不再自称为大人，而且惊讶时间过得太快了。

当我从报纸上看到，如今十七岁的女孩子们，为父母该不该偷看她们的日记而展开热烈的讨论时，不禁浮起会心的微笑。我羡慕她们，但觉得她们比那时的我们还要小。

她们自有她们的幸福。假如历史能够退回去重新拍摄，我愿意踊跃加入她们的讨论，并坚决主张父母亲不应该偷看她们的日记。

可惜，历史不可涂改。于是，我只有羡慕，却从不后悔。

关于昆仑山上的艰苦；关于高原、缺氧、奇寒、强烈的紫外线；关于冰峰雪崩，汽车失事，置人死地的高原病，我们的文学家艺术家已经写过那么多的话，我说不出更令人惊心动魄的故事。我一直在做医务工作，这在军营之中，相对是比较安全舒适的了。尽管如此，我还是看到了那么多死亡，那么多牺牲。没有身临其境的人，是无法想象在那种严酷的自然条件下，人自身的生命力是何等软弱！我想过妈妈，我掉过眼泪，我甚至诅咒过命运。但我终于义无反顾地加入了保卫者的行列，成为祖国的哨兵。

昆仑山呼啸的风雪，卷走了我一生中最好的年华。它浓重的身影，横亘在我生命的原野上。我步入这座高山的时候，还是个稚气未脱的少女。十二年后，当我离开这座山时，已是人近中年了！昆仑山在向我索取了高昂的代价之后，馈赠我一件终生享用不尽的珍宝，这就是青年时代艰苦生活的磨炼。

我是个医生，而且自信是个不错的医生。

我之所以写起小说，就是因为对昆仑山的挚爱。它是我心中一颗充满活力的种子。

昆仑山是值得用如椽大笔去挥写的。在我国灿烂的古代文化之中，它有过无数辉煌的传说。在高高的昆仑山巅，长着顶天立地的稻谷，它的每一粒米，都是珍珠和美玉。黄帝巍峨壮丽的帝宫，是百神聚议的地方。把守这座华美宫殿的天神，名叫陆吾，他有着英俊威严的面孔，背后却是老虎的身子和脚爪，还拖着九条尾巴……

然而，现实中的昆仑山，哪有什么天稻！哪有什么宫殿！哪有什么陆吾！它是一个严酷的冰雪世界。在这被称为“世界第三级”的冰冻雪国里，生活着我们的边防战士。告别父母，远离家乡，四面八方的稚子在昆仑山上被铸成了钢。在那场空前的民族灾难中，他们经受了更为惨烈的苦难，却始终像昆仑山一样，沉稳坚强地挺立着……

我曾急切地寻找所有描写昆仑山的文学作品。他们有的写得真好，令我赞赏、令我感叹。但每每于掩卷之后，又生出一丝淡淡的惆怅：这同我心中那座雄奇伟岸的高山，似乎并不能完全重合。像一架尚未调试到极佳状态的电视机，总有一点重影，有几行波动。

这怪不得别人。有一百个人，就有一百座昆仑山吧！

那座属于我的昆仑山，时时像雕塑一般，凸现在眼前。陆游的两句话，简直像为我写的：夜阑卧听风吹雨，铁马冰河入梦来。

我想试着勾画我心中的那座昆仑山。

只是，我行吗？一个文革时期的初中毕业生。虽然有一张大专文凭，但那是医学的，与文学可不搭界。那场可怕的“革命”，中断了我们这一代人的学业。除了医学，对于数理化，对于文史哲，我似乎总停留在一个初中生的水平。无论怎样自学，无论怎样读书，就像一株误了生长期的植物，再也抽不出绿色的枝条。

我有繁重的本职工作，还有诸多头绪的社会工作，更有不可推卸的家务工作。对于一个女人来讲，在人生这座舞台上，不写小说，角色也已经够多够乱的了。像个蹩脚的棋手，与数个高手对弈，再添上一盘盲棋，你是否有这个勇气？

文学的小路上又是如此拥挤。好心的前辈谆谆告诫：写作是一桩极苦的事业，你推开的将是一扇“地狱之门”。

我跳到空中，像一个第三者一样，冷静地分析了一下我自己。不要抱怨命运吧。每一代人，由于历史的限制，都有自己特定的趋势。不必过于骄傲，也不必过于沮丧。如果把这叫做命运，那它是一回事，自己的努力则是另一回事。与我们每个人密切相关，可以左右的，是第二件事。我这个人别无长处，但是不怕吃苦。这要感谢昆仑山。我经历了那种罕见的艰难困顿之后，一般的苦便难不倒我。

电大中文专业招收自学视听生，我报了名。……没有时间听课，见不到辅导老师，你想完成作业，可连作业题是什么都搞不清楚。更有甚者，有好些科目，连教科书都买不到。于是只有向别人借书来读。上午借，下午还。临到考试，便连书也借不到了。我有时颇感滑稽，觉得自己有点像高玉宝。记得参加第一门考试之前，内心紧张之余，竟感到有些凄楚，觉得这真是自找苦吃。

还好。我的成绩相当不错。一路考下去，我以各科平均八十多分、毕业论文“优”的成绩，结束了电大的学业。

现在，总该开始了吧！

唔，不行。学然后知不足。我这才知道自己太浅薄了。文学上那么多流派，那么多主义，那么多色彩。无数本名著等待你翻阅、无数位大家矗立在前头，压得人只能仰视。我又一头扎进书籍中去。

学习不是目的。学习是为了创造。没有学习，便没有创造。但总是学习，也没有了创造。我，必须开始了。

只是，在文学艺术界，我举目无亲。写出的东西。投往何处？倘是返稿，精神上受一次打击不说，别人若知道了，会不会嘲笑说风凉话？

曾盘亘于所有文学青年起步之初的种种顾虑，也像绳索一样羁绊着我的笔。

难啊！世界上最难战胜的敌人，就是你自己。

但毕竟，我还是写了。我写我心的一部分，一肚子的墨水，带着稀薄的血痕，留在了洁白的稿纸上。借此，献给我心中神圣的山。

感谢《昆仑》编辑部的海波同志。对一位素昧平生的业余作者的处女作，他立即予以关注，几天后就给我回了信。在小说的修改过程中，他付出了巨大的精力与心血。人们多知道海波是一位才华横溢的青年作家，殊不知他也是一位极端认真负责的编辑。我真诚地感谢《昆仑》编辑部对我这样的无名作者所给予的支持和帮助。

《昆仑殇》发表了。

电话铃不断。多是我的同学好友。自幼在北京长大，我有不少自幼儿园就熟的朋友。

“看了《人民日报》登的《昆仑》目录，那个写小说的毕淑敏，是你吗?”

“是我。”像所有初学写作的人一样，我实行了严格的保密。现在，人家打上门来指名道姓地问，只得承认。

“那篇叫昆仑……昆仑什么呀？我还不认识这个字。念昆仑汤？要不念昆仑场?”

“念殇。昆仑殇。”

“殇？是什么意思?”

“殇，就是死。”

“什么？昆仑死？写山就够没情绪的了，再加上死！哎呀，你写什么不行呀，偏写这个……”

我放下了电话。真抱歉，我写别的不行。只能写我最熟悉的昆仑山。

幸好以后见面时，朋友对我说：“你的小说我看了。看过之后我沉默了好长一段时间，被一种很悲壮的情绪笼罩着……”

谢谢你，我的朋友！

沉默了好长一段时间！

这话说得真好。我至今认为这是所有赞扬声中最高的一句评价。

能使我们这一代人沉默的事情，不是太多的。我们同共和国一道，经历了过多的风雨，过多的喧哗。如今又被裹旋进高节奏的现代生活之中，留给我们沉默的时间太少了。沉默是一张白纸，它意味着思考之后将留下点什么。

我希望人们能记住在遥远的西部，有一座雄伟的高山。在那高山之上，有无数双警惕的眼睛和赤诚的心。我们花前月下的每一次聚会，星光璀璨下的每一夜安眠，歌舞升平中的每一声欢笑，都是他们用鲜血和生命换来的。我手中这支拙劣的笔，倘能传达出这种情感之万一，我心足矣！

万事开头难。我已经开了一个头，但开头以后的事，似乎更难。人，应该时时前进，超越自己。但超越，又谈何容易。好比爬山，我现在站在昆仑山的脚背处。举头仰望，险峰峻岩，好一条漫长的路！

# 为了雪山的庄严和父母的希望

我发表处女作是一九八七年，那一年我已经三十五周岁了。处女作中篇小说昆仑殇获第四届昆仑文学奖。编辑说，看你的写作水平，应该有十年以上的写作经验了。在这之前，你在干什么？

在写作以前，我在遥远的西藏当兵，学的是医务。十一年之后，转业回到北京，在一家卫生所当所长。我在白衣战士的那条战线上，当到了内科主治医师的位置。假如不是改了行，就当到了副主任，您现在到医院看我的门诊，就要挂三块钱一个的号了。

一个女人，更具体地说是一个医术很好颇有人缘的女大夫，为什么要弃医从文，在已过了“而立之年”的沉稳日子里，要拿起生疏的文学之笔开始艰难的跋涉？

在许多孤寂写作的深夜，我对着苍天自问。

我不知道。

但是我感到一个苍凉而喑哑的声音，在寒冷的西部呼唤我。

我知道苍茫的云隙中，有一双期望的睿眼在注视着我。

我没有办法抗拒。你可以违背一个人的意志，但是你不能违背一座雪山。

这就是昆仑山啊。我们民族最伟大的峰峦。

不管文化古籍里怎样考证，说传说中的昆仑山是现如今的什么什么山，我总认为它不是一座具体的山，而是一个象征。想想那时候，交通工具多么不便，又没有精确的地图，指南针还没有发明出来。古人们绝不可能把山与山的分野搞得条块分明。他们只有对着西部广袤的隆起兴叹，在落日辉煌的余辉里，勾勒云霭中浮动着的鬼斧神工的宫殿……于是他们把无数神奇的传说附丽其上，敷衍出最雄伟的想象。那里有九条尾巴的天神把守的天宫，那里有直插云霄的天稻，每一粒谷子都是鸡蛋大的玉石……

无独有偶。在印度辽阔的恒河平原上，更为优雅的神话野火般流传。赤足的人们向西眺望，看到皑皑的冰峰劈裂云霄。他们认为有超凡入圣的法力统治其上，于是说那里是佛祖居住的地方……

两大古老种族神秘的目光交汇于此——这就是地球上最高耸的原野——藏北高原。

当我十六岁的时候，离开北京，穿上军装。火车不断地向西向西，到了新疆的乌鲁木齐。又换上汽车向西向西。在茫茫戈壁上奔跑了六天以后，到达南疆重镇喀什。这一次汽车不是向地面上的哪个方向行驶了，而是向“天上”爬去。又经历了六天无与伦比的颠簸，我作为藏北某部队第一批女兵五个人当中的一员，到达了这块共和国最高的土地。

这块土地是喜马拉雅山、冈底斯山和喀喇昆仑山聚合的地方，平均高度在海拔五千公尺以上，它有一个奇怪的名字，叫做“阿里”。

没有人知道“阿里”是什么意思。我曾经问过博学的藏学家,也没能给一个明晰的回答,只是说这个词汇可能属于一个早以消亡了的语系。于是我就沿用了一个我在阿里搜集到的民间传说:阿里的意思是“我的”。

“我的”什么呢?我的高原?我的山川?我的牦牛和我的盐巴?我的清澈的湖泊和险恶的风暴?不知道。人类的远祖用我们不懂的语言,为我们留下了一道永恒的谜。也许在先民们眼中,所有的一切都是有灵性的,它们都在呼唤喊着“我的”。

我小的时候,学习很好。语文好,数学也好。语文老师说我以后可以当个记者(不知为什么她从来没提到要我当作家,可能觉得当记者比较实际,而如何才能当上作家,她也不知道。),数学老师则说我以后可以上清华大学,成为一个女数学家。我回到家里,很高兴地把这些话学给妈妈,没想到她训斥我说,这都是老师们逗你玩的,你永不要相信别人说你如何好的话。

我挺伤心的,从此养成了对别人的夸奖总是半信半疑。我不知这习惯到底好不好,但它使我在荣誉面前天生地镇静起来。

我小学毕业后考进了北京外国语学院附属学校。据说是很难考的,录取率只有几百分之一。更不消说,各小学校都是把招生单给了最优秀的学生,使竞争出奇的激烈。而且女生录取的很少,只及总数的四分之一。

我考上了,妈妈难得地高了一回兴。但是我已经养成了荣辱不惊的脾气,并没有特别的兴奋。

在外语学校读书的时候,我的成绩依然很好。我现在还保存着一张当时的成绩单,所有的科目平时都是五分,期末考试都是“优”。我后来在军医专业学习的时候,每次考试也都是第一。

由于一贯的优异，使我在内心深处看不起在校学习这件事。你想啊，上边有老师喋喋不休在讲，周围有同学可研讨，你什么事都没有，专门一门心思学那点前人遗下的知识，你要是还学不好，不是太说不过去了吗？

我在外语学校最大的收获，是见了一个比较大的世面，读了不少的书。退回去三十多年，许多社会名流的孩子已经在反帝反修的同时，孜孜不倦地开始学习外语。我们这所学校干部子女的密集程度，大概超过了京城的任何一座学校。我的父亲是军队的一位正师级干部，但相比之下，我只能算作贫民子弟。由于我优异的学习成绩，使我保持了一种尊严的生活态度。我得以近距离地观察到真正的“贵族”气派，看到它的华贵，也看到它的羸弱。

读了许多的课外书，则得益于“文化大革命”的停课。我们学校里有一个很大的图书馆，平日里我们是没有机会读小说的。功课压得非常紧，老师原本要求我们夜里说梦话都要用外语的。只是图书馆里的书可不是无偿看的，看一本，要写出一篇批判文章。

刚开始大伙觉得这个交易做得来，不就是看完之后胡乱照着报纸抄点革命词语就能交差了吗？于是大家都去借，并相约看完了自己的那本以后，彼此交换。这样各人写一篇批判稿，并可以看几本好小说。

但实践的结果并不美妙。很多人书是看了，但批判稿久久写不出来，时间长了，就失去了继续借书的资格。我也不愿意写大批判文章，你想啊，都是世界名著，看的时候，对大师们佩服得五体投地，书皮一合上，就要批判他们，这是一件多么残酷的事情！但管图书馆的小个子老师很严厉，交不了稿，你就永不要想从她的手里再借出一张纸。为了阅读大师们的作品，我只有硬起头皮来批判大师们。

道理虽说明白了，但写的时候，心痛如绞。我终于想出了一个两全其美的办法。比如看完《复活》，我就在纸上写：以下部分暴露出列夫·托尔斯泰的资产阶级人道主义倾向……然后我开始大段地抄录老托尔斯泰的原文，抄得很仔细，连一个标点都不曾错落……

还书的时候心情好忐忑，生怕小个子老师看出什么。没想到她连连表扬我的认真，原来她是只看标题，看字迹是否整齐，看篇幅的长短，并不在意你写的是什么。

只有我一个人坚持借书和写批判稿了，同屋的同学开始央求我，要我看完了书暂不要还，让大家都传着看一看。我当然不能拒绝，只是有的人看得很慢，已经过了好多天了，你问她看完了没有，她还说没完。知道书看到半截被人夺走的苦处，我不好意思催，只得耐心地等。但看惯了书的人，就像大烟瘾，是很难忍得住的。我就在下次借书时想办法——连借带偷。图书馆的小老师对我已是十分的信任了，每次我来借书，她不跟着了，让我自己在书架里挑。

我们的图书馆是一座建立于本世纪初的西式楼房，窗户很高很小，像旧时的教堂。加上书架遮挡了大部分的阳光，走道幽暗深邃。这真是一个作案的好场所。我在书架里转啊转，看到一本好书，就夹在胳窝的衣服里……这样几圈下来，双臂就像机械的木偶，动也不敢动了。最后僵硬地走到老师跟前，只把手里抱着的书登记。

这样我看好几本书，只需写一本书的大批判稿，不但减轻了手的负担，更重要的是减轻了心灵的负担，不必昧着良心写那些可怕的话了。更不消说我的同学们也可以比较从容地看我借来的书了。

但还书的时候，气氛挺吓人的。借的时候，只图一时快活，完全忘记了是从哪个犄角旮旯掏出来的书，可还的时候一定要归位。小老师是很认真的，一旦她发现大量的图书放错了地方，怀疑到了我的身上，我的秘密书库就彻底摧毁了。我谨慎地控制着偷书的数量，严格地完璧归赵。每次还书的时候，身上夹带着好几本书，像个沉重的孕妇，还要等着小老师验收批判文章，心中狂跳不止。待老师那里过了关，急急钻进书架的峡谷，拼命回想上次取书的位置，冷汗涔涔。好不容易放了回去，刚轻松了一秒钟，又贪婪地开始了新一轮的夹带……

同学们坐享其成，却全然不体谅我的苦衷。轮到我要还书了，她们就耍赖，说还没看完呢。我紧着催她们，她们就说，谁能跟你似的，看得那么快啊，要不这样吧，书你现在就可以拿走，但是你得把书中的故事讲给我们听。

于是，在“文化大革命”最激烈的年代，在北京城内一所古老的校舍里，每逢夜深人静，在一间住着八个女孩的房间里，就会传出我转述名著的声音。中外文学大师的智慧，像月光清冷地笼罩着我们，伴我们走进悠远的梦乡。为了给同学们讲得不露破绽，我读原著的时候就格外的认真。几十年过去了，我的一位现已在美国定居的朋友，说她至今记着我给她讲过的《笑面人》，而且拒绝看雨果的原著。她说，毕淑敏在那个夏夜所讲的笑面人是世界上最好的笑面人，我再没听过比这更好的故事了。

对这个评价，我淡然一笑。知道这是她在怀念自己的少年时代。

我从北京来到西藏的阿里当兵，严酷的自然环境将我震撼。所有的日子都被严寒冻硬，绿色成为遥远而模糊的幻影。

吃的是脱水菜，像纸片一样干燥的洋葱皮，在雪水的浸泡下，膨胀成赭色的浆团。炒或熬以后，一种辛辣而懊恼的气味充斥军营。

即使在日历上最炎热的夏季你也绝不可以脱下棉衣，否则夜里所有的关节就会嘎嘎作响。

由于缺乏维生素，我的嘴唇像兔子一样裂开了，讲话的时候就会有红红的血珠掉下来。这是很不雅的事情，我就去问老医生怎样才能治好嘴唇？医生想了半天，说你要大量地吃维生素。我说吃啦，每天都吃一大把，足足有二十多片呢！可我的嘴唇为什么还是长不拢？医生说那就是你说话太多了，紧紧地闭一个星期的嘴巴，你的嘴唇就长好了。我说，那可不行，我是卫生员的班长，就算跟伙伴们可以不说话，跟病人也是要讲话的……老医生表示爱莫能助。

后来我的嘴唇还是我自己给治好的。夜里睡觉的时候，用胶布把自己的嘴巴给粘起来，强迫裂开的口子靠在一起。白天撕开照常讲话。坚持了一段时间，在某一个清晨就好了。

由于缺氧，我的指甲猛烈地凹陷下去，像一个搅拌咖啡的小勺。年轻的女孩就是爱斗嘴，有一天，女卫生员争论起来谁的指甲凹得最厉害，最后决定用注射器针头往指甲坑里注水，一滴滴往下灌，水的滴数多而不流淌溢出者为胜。记得我荣登榜首。好像是贮藏了十几滴水吧，在指甲中心凝聚得圆圆的，像一颗巨大的露珠。

我是一个优秀的卫生员。有一天，我在军报上看到了一个叫做“毕淑敏”的人写的一首诗，就轻轻地笑了一下。我知道我的名字很大众，全中国从八岁到八十岁的女人，有几万叫这个名字的吧。但是我的姓是比较少的。现在有了一个同名同姓的人写了一首诗，觉得很亲切，就很仔细地读。

一读之下，我吃了一惊。因为这首诗是我写的。但是千真万确我没有向任何一家报刊投过稿。

我不知道这是怎么一回事儿，也没有人负责向我解释。时间一长，我就把它忘了。但许久之后军邮车上高原的时候（由于道路封山，邮车很长时间才上来一趟），报社给我寄来了一个黄色封面的采访本。我才得以确认那首诗确是我的作品，这个本就是稿费了。我用那个本记了许多有关解剖和生理方面的知识。

在一个很偶然的机会，政治部的一位干事对我说，你的那首诗啊，里面充满了鲜血和死亡的意识，真不像是一个十几岁的女孩子所写。

我恍然大悟说，噢！原来我的那首诗是你给我投到报社去的啊？

他说，不是我。

他这才告诉我，是军报的一位记者到阿里高原采访。高原反应像重量级的拳击手，毫不留情地击倒了他，第二天他就下山返回平原了。但记者很忠于职守，就在高原的这仅有的一天里，挣扎着看了一些单位的黑板报，摘了一些作品带回去，我的小诗也在其中。回去以后，别人的都没选中，只发了我的那一篇……

我不知道自己随手涂抹的句子还有这样的经历，但幼时妈妈的教育使我绝不大惊小怪。我没有看见自己的作品变成铅字的喜悦，总认为这是一个巧合。不会再有第二个记者匆匆下山，不会再有人看上我的小诗……

那大概是一九七一年的事吧。

我继续专心地学习医学知识，一点也没有因此想搞投稿搞创作什么的。

当了几年兵，我回家探亲。我的父亲很郑重地同我谈到了那首诗，说他很高兴。

我从小是一个乖孩子，愿意使自己的父母快活。但我还是没想到写作，只感到一种隐隐约约的愿望在起伏。

我在藏北高原当了十几年的兵，把自己最宝贵的青年时代留在了冰川与雪岭之间。

我曾经背负武器、红十字箱、干粮、行军帐篷，徒步跋涉在无人区。也曾骑马涉过冰河急驰在雪原，给藏族老乡送医送药。我曾在万古不化的寒冰上，铺一张雨布席地而眠，初次这样露营时，我想醒来身体还不得泊在一片汪洋之中？我真是高估了一体的微薄热量，黎明当我掀开雨布查看时，只见雪原依旧，连个人形的凹陷都没有。除了双膝像凝固般的疼痛，一切都很正常。

攀越海拔六千多米的高山时，心脏在胸膛炸成碎片，仿佛要随着急遽的呼吸迸溅出嘴巴。仰望云雾缭绕的顶峰，俯视脚下深不可测的渊薮，只有十七岁的我，第一次想到了死。

我想这样爬上去太苦难了，干脆装着一失脚，掉下悬崖……没有人会发现我是故意这样做的，在如此险恶的行军中死人的事经常发生。我牺牲于军事行动，也要算作小小的烈士，这样我的父母也会有一份光荣……

我把一切都周密地盘算好了，只需找一块陡峻的峭壁实施自戕的方案。

片刻之后，地方选好了。那是一处很美丽的山崖，天像纯蓝墨水一样浓郁地凝结着，有凝然不动的苍鹰像图钉似的楔入苍天。这里的积雪比较薄，赭色的山岩像礁石一般浮出雪原(我知道要找一块山石狰狞的地方下手，否则叫厚雪一垫，很可能功亏一篑)……

一切都策划好了，但是我遇到了最大的困难。我的脚不听我的指挥，想让右脚腾空，可是它紧紧地用脚趾抠住毛皮鞋底儿，鞋底儿粘在酷寒的土地上，丝毫不肯像我计划的那样飞翔而起……我转而命令左脚，它倒是抬起来了，可它不是向下滑动，而是挣扎着向上挪去……青春的机体不服从我的死亡指令，各部分零件出于本能居然独自求生……

那一瞬我苦恼之极，生也不成，死也不成，生命为何如此苛待于我?

一个老兵牵着咻咻吐白气的马走过来，他是负责后卫收容的。他说，曼巴(藏语的医生之意)，拉着我的马尾巴吧，它会把你带到山顶。我看了一眼马毛被汗湿成一缕缕绳子样的军马。它背上驮着掉队者的背包干粮和武器，已是不堪重负。不。我不。我说。

老兵痛惜地看着我说，你是不是怕它扬起后蹄踢了你?放心吧，它没有那个劲了。在这么陡的山上，它再累也不敢踢你。只要它的蹄子一松劲，就得滚到峡谷里去。它是老马了，懂得这个利害。你就大着胆子揪它的尾巴吧。

我迟疑着，久久没有揪那条马尾。

不是害怕马。甚至也不是怜悯马。

我在考虑自己的尊严。

一个战士，揪着马尾巴攀越雪山，这是不是比死还让人难堪？

我的意志做出一个回答，生存的本能做出另一个回答。

意志终于在本能面前屈服，我伸出手，揪住了马尾巴……

我的瞳孔看到许多年轻的生命，永远留在了万水千山之间。他们发生过悲凉或欣喜的故事，被呼啸的山风卷得漫无边际。

我为一个二十岁的班长换过尸衣，脱下被血染红的军装，清理他口袋里的遗物。他兜里装着几块水果糖，纸都磨光了，糖块像个斑驳的小乌龟，沾着他的血迹……我一点都不害怕，因为我的兜里也有和他一样的水果糖，这件小小的物品使我觉得他是兄弟。

我们把他肚子上覆盖的铁瓷碗取下来。碗里扣着的，是他流出的肠子——敌人的子弹贯穿了他的腹腔。严寒使掉出的肠管变得像水泥一样坚硬，没有办法再填回他的肚子里去了。

我们给他换上崭新的军装，把风纪扣严严实实地系好。除了他的腰间因为膨出的肠子，扎了皮带也显得有些臃肿，真是一个精干的小战士呢。

趁人不注意，我在他的衣兜里又放上了几块水果糖。我不敢让别人知道，因为老兵们一定会笑话我的，他们把生生死死看得像蚕蜕皮一样正常。但我真的觉得，这个班长很需要这几块水果糖。糖是我特意挑的，每一块的糖纸都很完整，硬挺地支楞着，像一种干燥的翅果。

那个小兵被安葬在阿里高原，距今已经有二十多年了。我想他身边的永冻土层中，该有一小块微微发甜。他在晴朗的月夜，也许会伸出舌头尝一尝吧？

一九八○年我转业到北京，结婚、生子，操持家务……一个女人来到这个世界上该干的事情，我都很认真地作了。贤妻良母好医生，这是人们众口一致的评价。

对一个三十岁的女医生来说，你还需要什么？

按说是不需要什么了，我应该安安静静地沿着命运已经勾勒的轨道，盘旋下去。但是，我虽然从小生活在北京，对北京的一草一木都无比熟悉，此次归来，我却不再是过去的那个我了。怀里揣了那么多藏北的风雪，强烈地撞击着心脏。我对这个巨大的都市，感觉陌生。

我到过这个国家最偏远最荒凉的地方，在横贯整个中国的旅行中，我知道了它的富饶与贫瘠。我在妖娆的霓虹灯中行走，身旁会突然显现白茫茫的雪原。在文明的喧哗与躁动之间，我倾听到遥远的西部有一座山在虎啸龙吟……

我的父亲有一天对我说，我看你是可以写一点东西的，你为什么不写呢？

我的父亲是一个很聪明的人，而且在文学艺术方面有很好的天赋。只是由于他们那一代人所处的环境，使他戎马一生，始终未能从事文学。我从他的目光里看到了期望，我决定一试。

但我除了爱看小说以外，从未经过正规的文学训练。

我决定先系统地学习。恰巧这时北京广播电视大学中文系招收自学生，不必到校听课，只要在规定的日子里参加考试，取得了相应的学分，就可以毕业了。

我开始了偷偷的学习。为什么要偷偷地呢？我总觉得一个医生要学着写小说，是件不正当的事情。你想啊，医生是和人的性命打交道的职业，谁愿意把自己的命交到一个三心二意的人手里？虽说我在上班看病的时候，绝对全神贯注，但我仍为自己的自学感到惭愧。

人们知道了我的自学，仍然找我看病，我真的是一个很有人缘的好医生。但是病人们说，毕大夫，你这是何苦呢？你不是有了医学大专的文凭了吗？这是图的什么呢？

我无法回答。

一个微茫的希望在远方磷火般地闪动。我想用我的笔，告诉世人一些风景和故事。我想让我的父母惊喜。

在一年半的时间里，我学完了大学中文系的所有课程。以毕业论文"优"的成绩结束了自学。

于是在一个普通的日子，我铺开了一张洁白的纸。那是在深夜的内科值班室，轮到我值班，恰好没有病人。

日光灯管发出嘶嘶的叫声，四周一派寂静。记忆在蛰伏了多少年后苏醒，将高原的生命与鲜血铺陈于我面前。

我的处女作中篇小说《昆仑殇》在不到一周内完成了。

从那以后，我写了大约一百多万字的作品，获得了几十次的文学奖。

我写了高原严酷的军旅生活，也写了贫民百姓的酸甜苦辣。我的笔触有时涉及女性微妙的心理，有时也探讨经济领域眼花缭乱的现象……我是一个写作题材比较宽泛的作家，写作的时候心绪比较放松。我总想，自己原本是一个医生，因为有话要说，才拿起笔来。假如有一天，我的话说完了，就回去当医生，治病救人,也是很神圣的。

我后来又读了文学专业的研究生,得到了硕士学位。现在是中国有色金属工业总公司专业作家。之所以暂时的不当医生了,主要还是为了对病人负责。一边看病一边写作,无论自己多么在意,有时也难免分神。影响了写作不要紧,耽误了病人就糟了。告别医院的那一天,我心里好忧伤,有一种流离失所的凄凉。

医生和作家都是与人为善的事业。

我的父亲已经仙逝。他的眼睛在天上注视着我,更使我有一种无法逃遁的庄严感。

为了西部那座美轮美奂的雪山,为了我的父母殷殷的期望,我将努力写作,直到我无法胜任这一神圣的工作时为止。

# 亲自写作

亲自写作——好像是一句废话。但我的确经常这样对自己说。人是常常对自己说一些废话的。

人其实除了吃饭喝水这些非常生物的本能，是经常不亲自的。我们每天听到多少不亲自的言谈，看到多少不亲自的文字啊。

当我们很小的时候，我们也是不亲自的。我们必须接受许多约定俗成的东西，我们还没有力量亲自。

四十不惑。

为什么就不惑了呢？不惑以后又是什么了呢？是所有的人到了这个年龄都齐刷刷地不惑了起来，像通常的大拨轰一样，还是有些人要至死地惑下去呢？

古人无解。

我以为不惑就是明晰了世间的法则，知道了如何顺应天地之变。这自然是极好的事情。所以没到四十岁的时候，我一反女人家怕老的常态，祈求这个聪慧的年轮早日到来。但它真的来了，敲敲自己的脑筋，依然充满了疑惑。我伤心地想，真是不可救药了。也许我到了 80 岁也惑呢。

但惑就一定不可存在吗？只要是亲自在惑，真真切切地痛楚地感觉那疑惑,甚至连年轻时以为不惑的事情,也反过来惑起来,也是生命的一种形态吧?

因了这包绕我壅塞我的疑惑,我便脱下医生的白衣,提起文学的墨笔。然而心里时时想逃遁的——医学对于女人,实在是太温暖太相宜了。

我抗拒着潜意识里的懦弱。中国战法素有破釜沉舟的光荣传统,我是绝不够格的。不但不敢砸了自己的饭碗,反而时时擦拭自己的小锅。我在名片上至今端端地印着"内科主治医师"的头衔(其实离开了医院,已没了处方权),就是明证。

但有时又想,美国的总统四年一届,并不允许无限期地连任下去。但也未见哪位总统因了任期的短暂而不好好干的。可见有临时观点的人,也还可认真做一点事的。

于是对自己说——亲自写作。写出自己对这个世界的真感受,对人生的真体验。一旦你写不出来了,就回去当你的医生吧。

# 阅读是一种孤独

阅读的感觉难以比拟。

它有些像吃。对于头脑来说，渴望阅读的时刻必定虚怀若谷。假如脑袋装得满满当当，不断溢出香槟酒一样的泡沫，不论这泡沫是泛着金黄的铜彩还是热恋的粉红，都不宜于阅读，尤其是阅读名著。

头脑需嗷嗷待哺，像荒原上觅食的狼。人越是年轻的时候，越是贪吃。随着年龄的增长，我们吃得渐渐地少了，但要求渐渐地精了。我们知道了什么于我们有益，什么于我们无补。我们不必像小的时候，总要把整碗面都吃光，才知道碗底下并没有卧着个鸡蛋。我们以为是碗欺骗了我们，其实是缺少经验。有许多长寿的人，你问他常吃什么食品，他们回答说:什么都吃，并无特殊的禁忌。但有许多东西他们只尝一口，就尖锐地判断出成色。我想寿星老的胃一定都是很坚强的，只有一个坚强的胃才能养活得了一个聪明的脑。读书也是一样，好的书，是人参燕窝熊掌，人生若不大快朵颐，岂不白在世上潇洒走过一回？坏的书，是腐肉砒霜氰化物，浪费了时间贻误了性命。关于读什么书好的问题，要多听老年人的意见，他们是有经验的水手。也许在航道的选择上有趋于保守的看法，但他们对于风暴的预测绝对准确。名著一般多是经过了许多年代的考验，是被大师们的智慧之磨研磨了无数遭的精品。读的时候，像烈火烹油的满汉全席，为大享乐。

它有些像睡。我小的时候，当我忧愁，当我病痛，当我莫名其妙烦躁的时候，妈妈总是摸着我的头说，去睡吧。睡一觉也许就好了。睡眠中真的蕴藏着奇妙的物质，起床的时候我们比躺下时信心倍增。阅读是一种精神的按摩，在书页中你嗅得见悲剧的泪痕，摸得着喜剧的笑靥，可以看清智者额头的皱纹，不敢碰撞勇士鲜血淋淋的创口……当合上书的时候，你一下子苍老又顿时年轻。菲薄的纸页和人所共知的文字只是由于排列的不同，就使人的灵魂和它发生共振，为精神增添了新的钙质。当我们读完名著的最后一个字时，仿佛从酣然梦幻中醒来，重又生机盎然。

它有些像搏斗。阅读的时候，我们不断同书的作者争辩。我们极力想寻出破绽，作者则千方百计把读者柔软的思绪纳入他的模具。在这种智力的角斗中，我们往往败下阵来。但思维的力度却在争执中强硬了翅膀。在读名著的时候，我常常在看上一页的时候，揣测下一页的趋势。它们经常同我的想象悬殊甚远。这时候我会很高兴，知道自己碰上了武林中的高手。大师们的著作像某一流派掌门人的秘籍，记载着绝世的功法。细细研读，琢磨他们的一招一式，会在潜移默化中悟出不可言传的韵律。只是江湖上的口诀多藏之深山传之密室，各个学科大师们的真迹却是唾手而得。由于它的廉价和平凡，人们常常忽视了它的价值。那是古往今来人类最智慧的大脑留给我们的结晶啊！我一次次在先哲们辉煌的思辨与精湛的匠艺面前顶礼膜拜，我一次次在无与伦比的语言搭配之下惊诧莫名……我战胜自己的怯懦不断地阅读它们，勇敢地从匍匐中站起。我知道大师们在高远的天际微笑着注视着后人，他们虽然灿烂却已经凝固。他们是秒表上固定了的记录，是一根不再升高的横杆。今人虽然暗淡，但我们年轻。作为阅读者，我们还处在生命的不断蜕变之中，蛹里可能飞出美丽的天鹅。在阅读中，我们被征服。我们在较量中蓬勃了自身，迸发出从未有过的力量。

阅读是一种孤独。几个人共看一本书，那只是在极小的时候争抢连环画。它同看电影看录像听音乐会是那样的不同。前者是一块巨大的生日蛋糕可以美味地共享，后者只是孤灯下的一盏清茶，只可独啜，倾听一个遥远的灵魂对你一个人的窃窃私语。他在不同的时间对不同的人说过同样的话，但你此时只感觉他在为你而歌唱。如果你不听，他也不会恼，只会无声地从书页里渗出悲悯的叹息。你啪地合上书，就把一代先哲幽禁在里面。但你忍不住又要打开它，穿越历史的灰尘与他对话。

阅读名著不可以在太快乐的时光。人们在幸福的时候往往读不进书。快乐是一团粉红色的烟雾，易使我们的眼睛近视。名著里很少恭维幸运的话语，它们更多是苦难之蚌分泌的珍珠。

阅读名著也不可在太富裕的时刻。阅读其实是思索的体操，富裕的膏脂太多时，脑子转动得就慢了。名著多半是智者饿着肚子时写成的，过饱者是不大读得懂饥饿的文字的。真正的阅读，可以发生在喧嚣的人海，也可以坐落在冷峻的沙漠。可以在灯红酒绿的闹市，也可以在月影婆娑的海岛。无论周围有多少双眼睛，无论分贝达到怎样的嘈杂，真正的阅读注定孤独。那是一颗心灵对另一颗心灵单独的捶击，那是已经成仙的老爷爷特地为你讲的故事。